UP Feltrinelli

Emanuela Da Ros

Bulle da morire

Prima edizione in "Feltrinelli Up" settembre 2017
Terza edizione ottobre 2018

Stampa Grafica Veneta S.p.A. di Trebaseleghe - PD

ISBN 978-88-07-91037-1

FSC
www.fsc.org
MISTO
Carta
da fonti gestite in
maniera responsabile
FSC® C021883

Ai miei studenti:
tra i migliori insegnanti che ho avuto

Cosa c'è di più stupido di un bullo? Due bulle.

ANONIMO su Facebook

Il morale alle stalle

È il 4 luglio. La festa dell'indipendenza. Oddio! Se vivessi in America, sarebbe the Independence Day. Ma visto che abito nella cara-e-vecchia Europa, non ho un mondo da cui smarcarmi. Per me l'indipendenza è ancora un concetto astratto. La verità è che io dipendo. Da un nugolo di persone e soggetti di varia natura. Dipendo da mamma Dany, papà Giuseppe, nonna Alba, James. Dipendo soprattutto dal gioco/giogo delle circostanze (avverse). Il giorno dell'indipendenza nel mio calendario non ha nemmeno una collocazione utopistica. Una casella in cui farsi largo.

È giovedì: questo giorno sbadato – o sbandato – che sta in mezzo ad altri sei, tutti più svettanti di lui. Questo giorno che se venisse tolto dal calendario nessuno direbbe niente. Perché il giovedì non è come un incisivo o un laterale: anche se sta fra i sette giorni di una settimana qualunque, è tipo uno di quei denti che ti trovi nascosto in bocca, e che – pure se ti affanni – non riesci mai a pulirlo a fondo. E il dentista te lo ricorda con un sospiro. Costoso.

Certo che paragonare un giorno a un molare e la settimana a un'arcata dentaria è indice di scompenso mentale.

In effetti, non mi sento troppo in linea.

Né nel fisico, né nella testa.

Ho appena iniziato la mia prima estate dopo la prima liceo, e ho il morale alle stalle.

Quelle di Giada. O meglio: quelle del nonno di Giada.

È il 4 luglio. E ho la nausea.

Non perché l'aria delle stalle sia irrespirabile. È che mi rendo conto solo ora di aver sbagliato tutto.

Giada era la mia migliore amica, anche se non l'avevo scelta io. Era stato il destino. O la sorte. O un insieme di fortuite circostanze.

Giada era con me all'asilo, con me alle elementari, con me alle medie. Siamo cresciute in parallelo. Io mi sono fermata a un metro e sessantadue, lei a uno e settanta milioni di centimetri di più. Vallo a capire il Dna.

Giada, fin dall'asilo, aveva un sogno: fare la contadina.

Suo padre, sotto casa, ha un orto così piccolo che l'unica pianta di pomodoro fa ombra all'unica pianta di zucchine, che fa ombra al prezzemolo, che fa ombra a un formicaio.

Ma il nonno di Giada che sta in campagna ha un sacco di terra. E una stalla, con vacche e vitelli (quando nascono dei vitelli).

Alle elementari Giada ha quasi sempre disegnato vacche. A volte sembravano ippopotami, o giraffe, ma lei diceva di no. Diceva che erano vacche. Io ho quasi sempre finto di darle ragione, finché una volta ho visto una vacca che era identica spiccicata a una gallina.

"Che carina questa gallina, Giada!"

Lei mi ha incenerito con gli occhi verdi pascolo suburbano, ha appallottolato il foglio e l'ha lanciato nel cestino/canestro.

"Ti sembrava una gallina?"

"Forse era un gallo."

Facevamo la seconda, o la terza, o la quarta, non ricordo.

Se non eravamo proprio migliori amiche, eravamo due

bambine che passavano un uragano di tempo insieme. A scuola, e a casa. E in campagna, da suo nonno.

Mia mamma e la sua ci dicevano che insieme stavamo benissimo. E, alle elementari, delle mamme ci si fida.

Alle medie, Giada s'è portata dietro la sua passione per campi e stalle. Qualunque fosse la traccia del tema che la prof Mattiuzzi ci propinava (lo sport, la musica, le amicizie tra i banchi di scuola), Giada ci ficcava dentro una mucca (anzi: una vacca, perché Giada dice che così vanno chiamate le mucche), una capretta, una pecora, un vitello. Insomma condiva il compito con un po' di fieno. Ma pigliava lo stesso un bel voto. È stato per questo, per un filare di voti che non andavano mai sotto la superficie dell'otto, che Giada ha deciso di frequentare il liceo.

Già, saremmo state compagne-di-scuola (anzi di classe: le mamme non si limitano a firmare l'iscrizione: ci mettono lo zampino in calce) anche alle superiori.

Ma è stato proprio al liceo artistico che Giada s'è inguaiata. Lei e tutta la sua passione per le vacche. Una mattina qualunque di una settimana qualunque, Elisabetta e Beatrice hanno iniziato a prenderla in giro.

Al *driiin* della campanella Giada è entrata in aula portandosi dietro un sentore di campagna, un profumo che aveva una nota accesa di cacca, o di latte, o di fieno. O di tutte queste cose insieme. Di quel miscuglio di afrori che solfeggiano in una stalla. Io non ci ho fatto caso: quello era l'odore di Giada e non ci trovavo niente di strano. Ed era sempre meglio l'odore di Giada di quello di William, che sa di fritto perché sua mamma cucina grasso.

"Senti che puzza!" ha iniziato a dire Beatrice. "Ti sei lavata col letame, Giada?"

"Bleah! Che tanfo. Fai schifo!" ha rincarato Elisabetta.

"Cerca di starmi lontano. E voi, aprite tutte le finestre dell'aula che qui si sviene."

Giada ha fatto finta di non sentire. Più o meno era fatta così. Sembrava che non le importasse niente di quello che dicevano di lei. Sembrava che se ne fregasse alla grande.

Per questo mi sono guardata dall'aprire bocca.

Se non importava a lei del giudizio degli altri, perché sarei dovuta intervenire?

Fingevo di non sentire, e quando Giada si sedeva di fianco a me (sì, era ancora la mia compagna di banco) si limitava a tirare fuori l'astuccio e vi rovistava dentro per cercarci non-so-cosa.

Io la guardavo con la coda dell'occhio (si fa per dire, perché i miei occhi allora non avevano la coda) e cercavo di capire se fosse infastidita. Lei sospirava. Alzava la testa dall'astuccio, si voltava verso di me e sorrideva. Io pensavo: "Ecco. Non è infastidita per niente. Meglio così".

Le strafighe

Beatrice ed Elisabetta sono state le strafighe della classe fin dall'inizio della scuola. Non so se fossero le più belle di tutte. Di me e di Giada lo erano di sicuro, pensavo.

Eppure anche Lisa era carina, con quelle due fossette che le spuntavano quando sorrideva, o Karen, con quel caschetto di capelli neri e lucidi e quell'accento sudamericano che mi faceva morire dal ridere. O Biju Coulobaly che aveva la pelle nerissima e i denti bianchi e dritti, anche se giurava di non aver mai messo un apparecchio.

Beatrice ed Elisabetta erano le strafighe perché credevano di esserlo. E quando una (o uno, sia chiaro) crede davvero in qualcosa, vai a fargli cambiare idea.

Beatrice ed Elisabetta per tutti erano Bea e Eli. Persino i nomignoli avevano *fashion*. Io ero solo Ste (che mi si chiamasse Stefania tutto intero era fuori discussione, vista l'altezza), Maria era Mari (con la i, non con la ypsilon), perché Maria era troppo lungo per essere pronunciato, "e poi è così banale!" diceva Bea.

Gloria era Glo e Giuditta era Giu. Come Giulia.

Giada era Giada. A pensarci ora, pure lei doveva avere il nome accorciato, no? Invece doveva portarsi addosso il peso di due sillabe.

Bea e Eli a poche settimane dall'inizio delle lezioni hanno iniziato a truccarsi.

Io, al mattino, ghiro come sono, a volte non mi lavavo neanche la faccia. Loro entravano in classe che sembravano uscite dal camerino di *Scream Queens*. Quando arrivavano lo sapevamo tutti. Ridevano, parlando con chissà chi al cellulare, buttavano lo zaino a terra e si stravaccavano sulla sedia facendo un baccano rap.

Non è esatto dire che buttavano lo zaino a terra. Già alla fine di ottobre avevano smesso di usare lo zaino e portavano una borsa floscia che aveva dentro di tutto. Non solo i libri sbagliati.

"Mi scusi, prof! Ho portato scienze anziché inglese," diceva Bea a Santin di inglese.

"E io ho portato storia!" si giustificava Eli.

Ma quando entrava la prof di storia, Eli diceva:

"Mi scusi, prof! Ho portato inglese per sbaglio".

Cose così.

Giada rideva.

"Che hai da ridere, stronza?" le ha detto Eli, una volta che era appena suonato l'intervallo.

"È che i prof ti credono sempre!" le ha risposto Giada.

"Non intrometterti. Non ti accorgi di quanto scema sei?"

Neppure quella volta ho detto la mia. Ho guardato Giada, che dava un morso al panino col salame (quello buonissimo che fa suo nonno). Sembrava che non le andasse troppo, eppure lo sbocconcellava famelica, e ho pensato che niente le avrebbe fatto passare l'appetito.

Più o meno sei mesi prima

"Ehi, sentite tutti. Ho creato il gruppo WhatsApp. Per la classe. Ora tutto quello che dobbiamo scambiarci, compiti-non-compiti, foto, video e stronzate varie, lo postiamo qui. Così siamo in rete."

Eli aveva avuto un'idea-swing.

"Quello che dovete fare è inserire il numero del vostro cell. Sapete come funziona o vi devo insegnare pure questo?"

"Io non credo di avere WhatsApp," ha detto Karen.

"E allora scaricalo. Vuoi restare tagliata fuori?"

Eli era diretta. Un po' ruvida, magari. Ma irresistibile.

Dove la trovi una compagna che si fa la coda di cavallo e ha la nuca rasata? Una che arriva in classe un giorno sì e uno no con una maglia diversa? Una che, a quattordici anni, ha la terza di reggiseno e una pancia piatta come la tundra? Una che ha quattromila amici su Facebook e non-so-quanti follower su Instagram? Una che si fa un selfie all'ora, anche nell'ora in cui la prof di italiano è imbufalita nera e interroga mezza classe pur di mettere I, cioè Impreparato, sul suo registro elettronico?

Eli era un mito da sola. Insieme a Bea era un mito al quadrato. Le due avevano un esponente sopra la testa.

Io avevo Giada.

"Vieni da mio nonno oggi? Sta per nascere un vitellino! Mi piacerebbe che tu fossi lì con me quando succederà."

"Non so, Giada. Dovrei studiare scienze."

"Be', possiamo studiare nella stalla. Nessuno ci disturberà."

Non si dovrebbe conversare durante l'ora di inglese. Prima di tutto si rischia di far arrabbiare il prof che è già inviperito perché nessuno sembra ricordare la differenza tra il *simple present* e il *simple past* e poi perché ci sono ventiquattro orecchie moltiplicate per due che captano i sussurri.

"Ste, ti dobbiamo parlare."

Quando Eli e Bea esordivano così non era un buon segno. L'ultima volta che "mi dovevano parlare", mi avevano costretto a fare una cosa che non mi era piaciuta per niente: andare al distributore di merendine e prendere (con i miei soldi!) tre sacchetti di patatine e due bottigliette di yogurt liquido.

"Perché non lo fate voi?" avevo chiesto. "E poi, com'è che avete questa fame ancestrale?"

"Primo," aveva risposto Eli, "non abbiamo fame. Secondo, lo sanno tutti che non facciamo mai merenda: figurati se divoriamo quei trilioni di calorie a metà mattina."

"E allora? Le devo divorare io per voi?"

"No, ma se le patatine eccetera le prendi tu, nessuno ha nulla da dire. Tu non sei a dieta."

"Ma nemmeno voglio ingrassare!"

"Tranquilla, quella roba ci serve per uno scherzo."

"Durante l'intervallo," aveva spiegato Bea, "quando l'aula è deserta, rovesciamo i sacchetti di patatine sulla cattedra, condiamo il tutto con un po' di yogurt e quando entra il prof Santin gli facciamo trovare una cattedra tipo *Il porcile è servito*. Inutilizzabile."

"Non mi pare granché come scherzo," avevo commentato.

"Il prof si arrabbierà nero. E magari darà la colpa a me. Che ho saccheggiato il distributore delle merendine."

"La daremo a Giada!" era esplosa Eli.

"Perché a Giada?"

"Perché solo una cretina farebbe una cosa del genere. E Giada è cretina."

"Giada non insozzerebbe la cattedra. Il prof non se la berrà mai. E poi non è Giada la cretina. È lo scherzo."

"Lo scherzo serve a farci perdere un po' di lezione. Santin chiamerà la bidella Beppa per pulire la cattedra, urlerà 'Guai a chi l'ha fatto, eccetera', e dovrà passare minimo un quarto d'ora prima che la lezione inizi. E a quel punto a Santin sarà passata pure la voglia di interrogare. E io e Bea siamo ancora senza voto."

Lo so. Avrei dovuto tirarmi indietro. Lasciare che lo scherzo cretino venisse fatto con la complicità di qualcun altro. Ma io ero una delle papabili da interrogare, ed Eli e Bea contavano (toh!) su di me. Il lavoro sporco l'avrebbero fatto comunque loro. Un lavoro che si è rivelato un flop.

È vero che era serpeggiata qualche risatina quando il prof, entrato in aula, aveva visto la cattedra impastrocchiata da chips allo yogurt. Ma, tempo venti secondi, Santin aveva indossato la sua faccia a tenaglia. Quella che diceva: "Ora vi defenestro tutti". In classe era sceso un silenzio irreale e lui si era "calmato" (è un eufemismo), aveva minacciato di far intervenire la dirigente per "un episodio inqualificabile, un'autentica porcata, *ops!*, volevo dire porcilaia".

"Dove c'è un porcile, c'è Giada," aveva pronunciato a denti stretti Eli.

E nonostante avesse usato la vocina più sottile che tenesse in archivio, tutti l'avevano sentita. Meno il prof.

Lui non aveva cercato un unico responsabile.

"Colpevole di un simile gesto," aveva tuonato, "è tutta la

classe! Per regolamento, nessuno deve stare in aula durante la ricreazione. E invece qualcuno ci è rimasto, e uno o tutti voi gli avete coperto le spalle."

Era talmente irritato per quello scherzo del cavolo che anziché due studenti ne aveva interrogati sei (una ero io, per la cronaca). E a nessuno dei sei era andata bene. Meno di tutti a Eli e Bea, per le quali la grammatica inglese era un enigma linguistico irrisolvibile.

L'episodio però aveva fatto suonare, nelle mie inebetite facoltà intellettive, un campanellino d'allarme: *Din!* Eli e Bea ce l'avevano di brutto con Giada. *Don!* Eli e Bea si approfittavano di chiunque, compresa la sottoscritta. *Dan!* Quando Eli e Bea dicevano qualcosa tipo "Ti dobbiamo parlare", annunciavano un cataclisma. Mettevano in stato d'allerta.

"Ste, ti dobbiamo parlare."

Oddio! Dovevo chiamare la Protezione civile? Ma che cavolo! Eli e Bea mi coinvolgevano in qualcosa. Sarà mica stata la fine del mondo, no? Le strafighe della classe cercavano me. Che mi defilassi era fuori discussione.

"Che c'è?"

"Ste, a proposito del gruppo WhatsApp..."

"Mi pare funzioni alla grande."

"Be', questo è ovvio, visto che è stata un'idea mia. Ma..."

Eli se la tirava anche quando non serviva. D'accordo: l'idea del gruppo era stata sua. Però – questione di giorni – sarebbe venuta in mente a qualcun altro. Non aveva scoperto l'Oceania. Anche mio fratello Umby, che faceva la prima elementare, sapeva come funzionava WhatsApp.

Il gruppo della Prima D era comunque intrigante. Erano soprattutto Eli e Bea a postare foto e domande tipo: "Che dite se ci mettiamo tutti d'accordo per non fare la verifica di storia domani? Quando la prof arriva le diciamo di spostarla a sabato".

Le risposte, che tutti leggevano, non tardavano ad arrivare:

"Io ci sto", Rebecca.

"Io pure", Alessandro.

"Va bene", Federico.

"Io sabato ho il torneo di calcetto. Ma se salto la verifica va più che bene", Davide.

"Che palle! Io preferirei fare la verifica domani! Sto studiando! Cmq fate voi. Mi aggrego", io, Ste.

"A me va bene spostarla", Karen.

"Verifica? Quale verifica?", William.

"William sei marcio", Andrea.

"Andrea sei cretino", William.

"William e Andrea, siete due stronzi. Insultatevi da un'altra parte", Giu.

"Giu, noi ci insultiamo dove ci pare", William.

"Io ho studiato. Perché spostare la verifica? Non è che poi la prof si arrabbia?", Giada.

Ecco, Giada era sempre Giada. Trasparente come un torrente al disgelo. Quando i prof la sgamavano a chiacchierare con me, chiedeva sempre scusa.

Mentre io ribattevo: "Ma prof! Parlano tutti in classe: perché punta sempre me?". Così mi prendevo pure una nota per aver risposto "in modo poco rispettoso".

"Cosa non va nel gruppo WhatsApp?" ho chiesto a Eli.

"C'è che la tua amica Giada rompe. L'abbiamo cancellata."

"Perché?"

"Fa sempre il contrario di quello che diciamo. È una spia."

"Vuoi dire tipo James Bond? Guarda che ti sbagli: Giada e il doppio gioco sono incompatibili."

“Tu non ti accorgi mai di nulla, Ste. Giada non è affidabile. Dobbiamo lasciarla fuori. I compagni la odiano.”

“Ma Giada non fa male a nessuno. È la persona più innocua che conosco.”

“Senti, Ste, se vuoi rompere anche tu, dillo chiaro che ti seghiamo come Giada.”

“No. Vabbè. Io voglio restare nel gruppo, ma...”

“Ma una mazza, Ste. O sei con noi, o contro.”

Dire che ero stata messa alle strette non rende l’idea dei lacci che sentivo ai polsi. E alle tempie.

Eli e Bea mi stavano costringendo a scegliere tra Giada e il resto della classe. Perché avrei dovuto accontentarmi di Giada? D’accordo: era la mia quasi migliore amica di sempre, ma non mi andava di essere fuori dal gruppo.

“Ok, sto con voi.”

Certe dichiarazioni una non dovrebbe farle mai. A voce alta men che meno. Io le avevo inviate al mittente con tanto di eco. E mi ero già pentita.

Giada non si era accorta subito di essere fuori dal gruppo WhatsApp Prima D. Era presa dalle vacche, dai fagioli di suo nonno. Dalle interrogazioni di scienze naturali che le andavano non troppo bene, anche se la cosa restava un mistero visto che era l’unica di tutta la classe a vivere in simbiosi con la natura.

Ma il gruppo c’era. Funzionava. E aveva Giada come tema principale.

“Tutti d’accordo allora? Nessuno deve rivolgere la parola a quella stronza. Quando vi chiede qualcosa, girate la testa dall’altra parte”, Eli.

“Non c’è problema”, Davide.

“Ok”, Roberto.

“Ok”, Andrea.

"Ok", William.
"Ok", Giu.
"Ok", Federico.
"Io sto in banco con lei. Mi dite come faccio a non rivolgerle la parola?", io, Ste.
"Quante storie! Inventati qualcosa", Bea.
"Però continuo a non capire perché dobbiamo tagliare fuori Giada", io, Ste.
"Perché fa la velina coi prof. È stata lei a dire che Federico aveva bruciato a scuola. E poi puzza", Bea.
"Non è stata lei a parlare di Federico", io, Ste.
"L'ho sentita dire alla prof di matematica che Federico aveva bruciato", William.
"A me pare strano", Karen.
"Karen, non metterti a difendere la stronza", Bea.
"Io non so come sia andata", Karen.
"Ecco, brava, non sai niente. Quindi taci", Eli.
Il gruppo stava diventando un concentrato di odio puro. Tutta la classe, o quasi, scriveva di Giada. E lei lo ignorava.

"Ste, studiamo inglese insieme oggi?"
"..."
"Ste, mi hai sentito?"
Deglutivo, come se avessi un bocconcino (amaro) bloccato nella gola. Giravo la testa verso la finestra. Il panorama coincideva col solito muro scrostato graffitato con il tag "Tojo 98". Niente di epico. Ma avevo 24x2 occhi addosso e non sarei riuscita a sostenerli a lungo. La classe mi stava mettendo alla prova. Avrei risposto a Giada? Le avrei dato retta come al solito? O sarei stata coerente con quel proposito idiota di emarginarla?
Mi sentivo in trappola. Mi sentivo un verme.
"Ste, oggi vieni a studiare inglese a casa mia?"

Eli era intervenuta al momento opportuno. Dovevo dare la precedenza a lei.

"D'accordo, Eli. Alle cinque?"

"Alle cinque è tardi! Non puoi venire dopo pranzo?"

"Ho allenamento di pallavolo alle tre."

"Che sport deprimente! Come fai a stare in una palestra puzzolente per tutto quel tempo? E solo per vedere una palla che scavalca una rete. Che divertimento c'è?"

"Stefy è bravissima a pallavolo," si è intromessa Giada. "Una volta ci giocavo anch'io. Eravamo nella stessa squadra, vero, Ste? Solo che io ero troppo scarsa: mi sa che se eravamo le ultime in classifica la colpa era mia."

"Nessuno l'avrebbe messo in dubbio," ha chiuso acida Eli, prima di girare le spalle a Giada, a me e a quella battuta al fiele.

Visto che non era più nel gruppo WhatsApp, Giada mi ha chiamato a casa. Al fisso.

"Stefy, c'è *squash* Giada al telefono," ha urlato mia madre che si stava sciacquando i denti.

"Chi c'è?"

"C'è *squash* Giada!"

"Mamma! Quando la finirai di rispondere alle chiamate mentre hai il dentifricio in bocca? Tra l'altro sporchi il telefono!"

"Che *squash* palle!"

Mia madre era così. Poteva sostenere una conversazione mentre scolava gli spaghetti (che finivano per metà nell'acquaio). Mentre faceva pipì. Mentre stava cercando gli stivali neri con la zeppa che era sicura di aver messo lì (e invece stavano ai miei piedi).

"Giada? Ciao sono io, Ste. Scusa per mia mamma: è la solita."

“Ste, mi succede una cosa strana.”

“Che vuoi dire?”

“Che ho provato a cercare il gruppo Prima D su WhatsApp visto che non ricevevo più notifiche. E non l’ho trovato. Anzi, mi è venuto fuori un messaggio che diceva ‘Sei stato rimosso dal gruppo’. È successo anche a te?”

Ecco. L’ora della verità. Ero seduta sul divano, con mio fratello Umby che si arrogava il diritto di sovrano assoluto del telecomando, col coniglio James che scaccolava sul tappeto, e con mia madre che era appena uscita dal bagno con un baffo di dentifricio sopra il labbro. Giada era all’altro capo del filo invisibile del portatile. E voleva sapere.

“Giada… non lo so. Forse è un problema tecnico. Sai come succede. Io l’altro giorno non riuscivo a entrare in Skype.”

“Ma è così strano… Perché quel messaggio? Non mi era mai successo prima.”

“Forse ti sei cancellata dal gruppo senza volerlo.”

Era così difficile mentire! A Giada poi! Forse avrei dovuto dirle la verità. “Scusa Giada, quelle due befane di Eli e Bea hanno deciso di bloccarti l’accesso. Io non volevo, ma poi ho ceduto. Prenditela con me. Mi dispiace un sacco. Ti prego, Giada, perdonami.”

Quelle parole mi schiumeggiavano in testa. Dille la verità. Dille la verità, mi diceva la mia buona vocina interiore. Quella che passa inascoltata.

“Secondo me è una cosa tecnica, Giada. Vai da Vodafone. Oppure – meglio – spegni il telefono fino a domani e poi riaccendilo. Io a volte faccio così.”

“Vodafone? Sono passata a Wind!”

“Ecco il problema! Magari è per questo che non ricevi notifiche.”

“Tu dici? M’informerò. Che stress! Comunque ti devo dare una notizia coccola: il vitellino di mio nonno dovrebbe nascere domani! E domani è sabato. Potresti venire da me dopo la scuola. Ci facciamo accompagnare in campagna e dormiamo lì. Così guardiamo insieme il parto! Vedrai che emozione, Ste. Sarà bellissimo."

"Domani? Domani non posso! Vado via coi miei il fine settimana. A Padova, da zia Laura. Mio cugino Javier compie gli anni. Sarà una festa-rottura-di-palle, ma non posso mancare."

"Perché no? I tuoi non sono fissati con le riunioni di famiglia. Tira fuori una scusa. Vuoi che dica io a tua mamma del vitellino? Dai! Ci parlo io."

"No! Ho deciso che andrò a Padova. Non vedo zia Laura da troppo tempo. E ogni tanto è giusto che stia coi miei."

"Mmmm! Non ti riconosco, Ste. È assurdo quello che dici. Ma va bene. Sarà per un'altra volta. Ok?"

"Ok! Ah, Giada, non chiamarmi durante il weekend. Non vorrei che i parenti mi facessero storie perché sto troppo attaccata al cellulare. Sai come sono, no?"

"Ma se nasce il vitellino ti chiamo! È un evento importante! Magari ti mando una foto su Instagram."

"Ok. La foto va bene. Ma evita di chiamare."

"Come vuoi."

Bene. Anzi: male. Ero un lombrico a tutti gli effetti. Una larva bugiarda. Ero una stronza.

Non dovevo per forza fiondarmi a Padova da zia Laura. I miei sì, si erano rassegnati. Ma io mi ero rifiutata. Avevo tirato in ballo Giada e il vitello nascituro. Avevo detto a mia mamma che sarei andata in campagna, perché avevo bisogno di aria buona.

"Chiamo la mamma di Giada per chiederle se è d'accordo," aveva azzardato mia madre.

"Certo che è d'accordo: che ti salta in mente? Mi aspettano da un momento all'altro."

"Ti portano loro in campagna?"
"Sì. Vengono a prendermi tra un'ora."

L'ora era passata. Quel rompimondo di mio fratello Umby aveva insistito per restare con me.

"Voglio restare con la Ste! Voglio vedere il vitellino che nasce!"

Mia madre sembrava stesse per cedere. Poi mio padre aveva risolto la questione.

"Non se ne parla proprio. Già ci fanno un favore a ospitare Stefy. E poi Umby è troppo piccolo. Viene con noi e basta. Punto."

Umby aveva frignato un po'.

"Ti presto l'iPad," gli aveva detto mamma. E Umby aveva sorriso.

Venduto.

I miei se n'erano appena andati – lasciandomi in compagnia di una bolla di raccomandazioni che era scoppiata appena si erano chiusi la porta alle spalle – quando è suonato il citofono.

"Ste? Siamo noi."

"Salite."

La verità era che quel sabato pomeriggio, anzi per tutto il fine settimana, Eli e Bea sarebbero state a casa mia. Noi tre – da sole! – avremmo guardato la tivù, mangiato schifezze, bevuto ettolitri di cocacola e fatto grandi risate. Su tutto e tutti.

"Che fate? Non entrate?" ho urlato dalla tromba delle scale.

"Sì, arriviamo. Dovevi proprio stare al quarto piano? E com'è che l'ascensore non funziona?" echeggiava la voce ansimante di Eli.

"Ste, abbiamo portato un po' di compagnia," contraltava

Bea. “Mica avrai creduto che saremmo state sole in versione lesbo, vero? Vabbè che hai preso otto sulle poesie di Saffo, ma mi rifiuto di credere che tu abbia scavalcato il reticolato…”

“Quale reticolato?”

“Quello che divide il genere femminile da quell’altro genere insignificante.”

“Che cavolo dici? A me piacciono i maschi.”

La storia si complica

Eccomi. Anche se – ufficialmente – sto in campagna con Giada, in realtà sono a casa. Sola. Per tutto un weekend.

D'accordo: un punto interrogativo (leggi: imprevisto) allunga la sua dispettosa ombra nel nido domestico. Ma ignorarlo è d'obbligo. Mamma Dany ha chiesto alla sua amica Marisa "di dare un'occhiata all'appartamento". Il che significa che Marisa – dotata di chiave-di-riserva – potrebbe entrare in casa a sorpresa. Ma sono strasicura che non lo farà. Marisa è una delle persone meno affidabili che conosca, e per questo mi è simpatica. Marisa dimentica gli appuntamenti dal dentista, arriva con un ritardo di due ore agli inviti a cena (giusto in tempo per il dolce, chiamala scema), parcheggia quasi sempre in divieto di sosta (ha una collezione di multe che trova esilarante), e spesso resta chiusa fuori casa perché abbandona le chiavi in posti improbabili, come il cassetto del frigorifero. Conoscendola, è quasi certo che scorderà di dare un'occhiata eccetera.

Tutto dovrebbe andare liscio come una pista di pattinaggio. Eppure un po' di battimalincuore ce l'ho.

Penso che la balla che ho raccontato a Giada sia come un brufolo pieno di pus. Mi sta sul naso, sul mento, al centro della fronte. Insomma: in un posto bello visibile. Ma – al contrario di quanto farei a un brufolo-di-pus – questo non lo schiaccio. Sta lì. Ingombra. Ma faccio finta di non vederlo.

Al pianerottolo – dopo aver scalato i quattro piani – per prima si affaccia Eli. Ha una borsa della Lidl piena zeppa.

Pare pesante, e infatti la butta a terra appena entra in cucina.

"Dio, quanto pesano 'ste lattine."

Poi arriva Bea. Lei ha solo la sua borsona moscia sulla spalla destra. Appena supera la soglia, l'appoggia sulla scrivania ed estrae una voluminosa busta di carta.

"Ho preso un po' di carburante," dice.

Provo a chiudere la porta d'ingresso.

"Che fai? Sei scema?" Bea conosce parecchi epiteti. Quello che mi ha affibbiato è uno dei meno offensivi. "Stanno arrivando gli altri."

Dalla porta entrano quattro ragazzi. Non li ho mai visti prima.

Se li avessi visti, li avrei notati.

Non sono i compagni-tagliati-fuori che ho in classe. Non sono come William, con la sua maglietta sbrodolata fin dalle otto del mattino, le guance rubizze e il sorriso che sembra domandarti "Io sto benone, e tu?". Non sono come Federico, col suo caschetto di capelli biondi e l'aria così tantoperbenino che ti verrebbe voglia di abbracciarlo ogni volta che lo vedi. Non sono come Davide, che pensa che il mondo sia un pallone e l'universo una rete. Non sono come Roberto, che è prevedibile come l'ora solare: quando apre bocca potresti scommettere che sai quello che dirà. E non sono come Alessandro, che si dà le arie da figo (e ne avrebbe ogni ragione, visto che è bellissimo), ma è così trincerato in se stesso che non riesci mai a intuire cosa pensa. Che non capisci se voglia essere un protagonista o una comparsa sullo striminzito palcoscenico della scuola. Tipo che Ale è fuori dal gruppo, ma non è emarginato. Sembra piuttosto osservare il mondo dal cannocchiale della sua imperturbabilità.

I quattro che ora si aggirano nel salotto di casa mia sono grandi. Faranno tipo la quinta. O l'università. O chissà che altro. Sono del genere: Stammi lontana, se non vuoi guai.

Mirko (le presentazioni non hanno niente di ufficiale, ma i nomi prima o poi li vengo a sapere) ha il cranio rasato, due dilatatori sui lobi che lo imparentano a un elefante calvo e un braccialetto nero con gli aculei che gli avvolge tutto l'avambraccio destro. Non so perché ma mi fa venire in mente un cactus.

Renato ha la cresta. Come un gallo. In effetti ha anche l'espressione da uccellone-da-pollaio: ha la bocca sottile, il naso aquilino e gli occhi azzurri, sfuggenti. È magro da fare impressione, eppure indossa un giubbotto nero taglia XXXL. Se facesse chicchirichì, non mi stupirei. Invece sta muto.

Archi (sta per Archimede?) assomiglia al prof di religione. Non è brutto: ha i capelli castani, un po' arricciati, che gli arrivano alle spalle, il pizzetto alla Cavour (ci ho fatto l'esame di terza media, e il suo ritratto è tatuato nella mia memoria insieme alle guerre d'indipendenza) e un'aria da intellettuale ottocentesco. Indossa un impermeabile di ecopelle nera che gli arriva alle caviglie, pantaloni neri e sneaker nere. Sembra in procinto di entrare in un seminario per satanisti, anche a causa di quegli occhialini piccoli, neri e dalle lenti opache, che gli si accavallano sul naso.

Virgilio pare un becchino. Giuro. Mai viste tante croci tatuate su collo e bicipiti. Già: gli vedo i bicipiti, dato che è in canottiera. La parte superiore del suo corpo sembra il Monte Calvario. Dev'essere molto religioso perché le croci le porta pure sulle tre collanine che gli penzolano sul petto e su un braccialetto d'acciaio che fa *din don dan* ogni volta che muove la mano sinistra. Più che un monile, un campanile.

"Ste, accendi la tivù. Guardiamo la partita."

"Quale partita, Eli? Non dovevamo vedere *Colpa delle stelle*?"

"Ma figurati! L'abbiamo visto un migliaio di volte. E poi è così prevedibile!"

"Per forza è prevedibile: lo conosciamo a memoria! Ma ci piace lo stesso, no?"

"Ste," interviene Bea, "non avrai intenzione di rompere per tutto il weekend, vero?"

"Ma io..."

Bea tira fuori dalla busta di carta due bottiglie.

"Cos'hai portato?" le chiedo, anche se so benissimo che si tratta di qualche intruglio superalcolico.

"Un po' di carburante. Te l'ho detto."

"Io non credo che..."

"Ecco, brava, non credere. Stai lì buona e caccia il telecomando."

I ragazzi si stravaccano sui divani del salotto. Per stare più comodi lanciano per aria i cuscini che ci stanno ammonticchiati sopra. Uno colpisce la lampada a stelo, che si genuflette a terra. *Scrack!* Mi sa che l'alogena è andata. Tre o quattro cuscini rotolano sul pavimento (James, il coniglio che scorrazza per casa, ne approfitta per rifarsi le unghie grattando quei pezzi d'arredamento che di solito gli è proibito toccare). Uno dei cuscini volanti finisce nell'acquario. *Splash!*

I ragazzi esplodono in una risata. I pesci ammutoliscono. Più del solito.

Mi affretto a tirar fuori dall'acquario il cuscino (è quello su cui mamma ha fatto stampare la foto mia e di mio fratello). Ha già assorbito un bel po' d'acqua puzzolente e la mia faccia sulla federa sembra lì lì per frignare.

È da strizzare, penso. Porto il cuscino in bagno. Dovrò lavarlo e asciugarlo prima che tornino i miei, se no mi faranno duemila domande.

Penso anche che dovrò riportare a livello l'acqua dell'acquario, per non far boccheggiare i pesci. Si chiamano Ulisse e Diomede. I nomi glieli ha affibbiati mio padre, e io non è che gli sia proprio affezionata, ma stanno con noi da quando è nato mio fratello e per i miei sono – parole loro – "figli adottivi con le pinne".

Appena rimetto piede in salotto, con un catino colmo d'acqua, assisto a una scena da panico.

Archi tiene in pugno un pesce (credo Ulisse) e, anche se quest'ultimo agita la coda e tenta con tutto il suo viscido corpicino di liberarsi dalla stretta, ormai sembra fritto.

"Stai fermo, gambero!" gli dice Archi. "Ti informo che stai per diventare il pranzo del coniglio."

A un certo punto, Ulisse riesce a liberarsi dalla presa e si schianta sul pavimento.

Archi ride. Sgangheratamente. Gli altri osservano divertiti. Bea, che ha aperto una bottiglia di vodka (ecco cos'era l'intruglio), ne beve un sorso a canna e la passa a Mirko. Archi è distratto da altro: si è messo in testa di catturare James.

James, anche se è un coniglio nano della specie testa di leone (e a volte, perdendo di vista la sua vera identità, tenta di ruggire e aggredire), è uno degli animali più fifoni del globo. Intuendo le intenzioni dello sconosciuto, si infila di corsa sotto il tavolino basso, tra i divani. Intuisco che sta tremando, ma la paura se la deve scordare in fretta. Renato arriva con uno spazzolone (ha ispezionato il ripostiglio?) e col manico prova a stanare James.

Il coniglio rotola (è un po' panciuto, in effetti) di qua e di là e poi realizza che è meglio cercarsi una tana sicura. Virgilio però lo acchiappa. Per le orecchie!

Sto per svenire. James odia essere preso per le orecchie!

Virgilio piazza il coniglio davanti al pesce Ulisse, che sta saltando/boccheggiando sul pavimento, con la forza della disperazione.

"Dai, stupido coniglio," gli intima, "divora questo stupido gambero, se no io divoro te."

Più che svenire, sto per morire. Mi tremano le mani, tanto che rovescio il catino d'acqua.

In questo modo salvo probabilmente la vita a Ulisse, che ora almeno saltella nel suo elemento, e a James, che lascia un pugno di peli delle sue orecchie nella mano di Virgilio, prima di sparire chissà dove.

"Ma che state facendo?" urlo, dopo aver chiarito a me stessa che non sono ancora finita all'altro mondo. "Siete impazziti?"

Inginocchiata sul pavimento allagato del salotto, afferro Ulisse con le mani (e pensare che mi sono sempre rifiutata di farlo: quando mio padre mi diceva di cambiargli l'acqua, non riuscivo nemmeno a catturarlo con la retina) e lo butto in fretta nel suo acquario-pozzanghera.

"Se è uno scherzo, è di pessimo gusto," sbotto.

Non so da quale archivio prendo queste parole. So che suonano esilaranti. I quattro maschi scoppiano a ridere e Bea, che è già mezzo ubriaca, mi guarda con disapprovazione.

Che ho fatto? penso. Sono loro che fanno casino.

Cerco con lo sguardo Eli. Dov'è finita?

Il botto che arriva dalla cucina mi dà un'indicazione. Corro a dare un'occhiata. Eli ha appena fatto cadere a terra il decanter di cristallo di mio padre. Il vaso per "far respirare" il vino che ha comprato in un negozietto d'antiquariato a Praga e a cui tiene quasi come al kilim persiano, che sta sotto la sua scrivania, è andato in mille pezzi. O sono diecimila? So che le schegge di vetro, come proiettili aguzzi, hanno invaso il pavimento della cucina.

"E-E-Eli!" balbetto. "Che hai combinato?"

"Niente! Volevo fare un cocktail con le birre e le cocacole. Non hai un recipiente un po' più resistente? Questo era proprio scrauso."

Devo sembrare una morta vivente. Non riesco a reagire.

Eli, Bea e il loro seguito non sono entrati in casa che da pochi minuti ed è già successo un macello. E non mi preoccupo – in questo momento – di quello che dirà (o farà) mio padre quando (non) vedrà il suo decanter (posso sempre cercare di propinargli una balla del tipo "Sono entrati i ladri in casa e toh! hanno rubato l'unica cosa preziosa che possediamo"). No. È che sono preoccupata per James.

Se il coniglio arriva sparato in cucina (quando ha fame lo fa) e appoggia una delle sue zampine su quelle schegge di vetro, si farà un male tremendo.

"Vado a prendere l'aspirapolvere," dico con una voce che di sicuro ho ripescato dall'oltretomba.

Non riesco ad aggiungere altro. Mi sembra di essere sul set di *Scream 1, 2, 3, 4*. Penso che si siano introdotti in casa dei mostri. Presenze aliene. E nocive.

Nello sgabuzzino (messo a soqquadro da Renato quando è andato alla ricerca dello spazzolone) trovo l'aspirapolvere. Se fosse la terribile motosega di Ash nel film *La casa 2*, sarei quasi contenta. Invece devo fare i conti con la realtà.

Esco dallo sgabuzzino armata di elettrodomestico, veleggio attraverso il lago del salotto, arrivo in cucina e mi accingo ad aspirare le schegge di vetro.

"Ste, che baccano stai facendo? Non riusciamo a sentire la partita!"

Bea si affaccia barcollando sulla soglia della cucina. Ha bevuto due sorsi di vodka, immagino. E sono tutti e due di troppo.

"Guarda che caos!" urlo. "Devo pulire il pavimento prima che James si faccia male."

"Che importanza ha? Tanto stasera ce lo facciamo arrosto!"

Guardo Bea da una distanza siderale. Lei – tra i fumi alcolici – se ne accorge.

"Sto scherzando, scema! Il tuo coniglio è tutto pelo! Mica possiamo mangiarcelo. E poi sai che lo adoro!"

"Lo adori, ma l'hai terrorizzato."

"Io? Guarda che sono stati quei quattro a dargli la caccia."

"Sì. Quei quattro. Ma perché li avete portati qui?"

Eli interviene.

"Li abbiamo conosciuti al Parco dei cedri qualche giorno fa. Erano simpatici. Ci hanno pure fatto fare due tiri di canna. Ci hanno fatto ridere. Abbiamo pensato che a casa tua, visto che è vuota, saremmo stati liberi di divertirci un po'. Solo che tu fai la piagnucolosa. Che è successo, in fondo?"

"Niente. In mezz'ora si è rotta la lampada alogena, il salotto è allagato, il prezioso decanter di mio padre è andato in mille pezzi, uno dei pesci probabilmente morirà d'infarto e James rischia di finire in padella."

"Ma dai, Ste. Rilassati. È tutto sotto controllo. Non stressarti senza motivo. Pensaci: abbiamo la casa tutta per noi. Io e Bea staremo con te fino a domani. Ora guardiamo la partita con quei quattro pollastri. Li mandiamo al diavolo quand'è finita, ci mettiamo il pigiama e ridiamo fino alle lacrime sotto le coperte."

"Le lacrime mi sa che usciranno prima. E non sarà per qualcosa di divertente."

"GOOOOL!"

Mentre la conversazione con Bea e Eli sta prendendo una piega umana, un urlo sovrumano echeggia nel salotto.

Bea si affretta a raggiungere i ragazzi.

"Che c'è?"

"Abbiamo segnato!" esulta Archi. "Il Crotone è in vantaggio."

Il Crotone? Forse mi sfugge qualcosa. Da antifanatica di calcio quale sono, conosco solo tre squadre: Milan, Juve e Inter.

"Stiamo facendo il tifo per il Crotone?" chiedo a Eli.

"Sì. Archi ha un cugino che ha un amico che gioca nella squadra."

"E quindi noi siamo qui per sostenere il Crotone."

"A dire il vero," aggiunge Eli, "non ci frega niente del calcio. Abbiamo detto ai ragazzi che qui potevano vedere la partita, se no mica sarebbero venuti. Sai, tipo che loro frequentano locali alternativi. Una sera di queste hanno detto che ci portano in una discoteca strafiga."

Riavvolgo il filo dell'aspirapolvere. Spero di non aver lasciato frammenti di vetro sul pavimento. Il Crotone? La discoteca? Come mi sono ficcata in questo casino? Sarei stata così tranquilla dal nonno di Giada. Chissà se il vitellino è nato! Quanto vorrei essere lì in questo momento. Giada mi ha descritto tante di quelle volte l'emozione che ha provato di fronte al parto e io, che oggi avrei potuto viverla, sono qui ad armeggiare con un aspirapolvere, un coniglio desaparecido e un gruppetto di scalmanati tifosi del Crotone che bevono vodka nel mio salotto.

"Ste, assaggia!"

Eli ha shakerato in uno dei vasi da fiori di mia madre cocacola, birra e mezzo litro di vodka. Nell'operazione ha schizzato pavimento (appena aspirato), tavolo e porta del frigorifero. E ora sta lì ad aspettare che degusti quello schifo.

"E dai! Non fare la sfigata, Ste. Assaggia!"

Tra l'altro dovrei bere l'intruglio dal vaso di fiori, perché Eli mica se lo sogna di versarlo. E, tutto sommato, è meglio che stia lontana dai bicchieri.

Ci penso su. Tipo mezza frazione di secondo (in circostanze estreme, il secondo si può frazionare). Probabilmente ho bisogno di "carburante" per risolvere il guaio in cui mi sono cacciata. Agguanto il vaso da fiori e bevo.

"Cough! Cough! Ma fa schifo!"

"Sì," concorda Eli, "ho dovuto mettere la pepsi al posto della cocacola, perché al supermercato l'avevano finita."

Non mi resta che bere un altro sorso dell'intruglio. E un altro. E un altro. Meno lucida sono meglio è, penso.

Non penso troppo a lungo.

Appena torno in salotto, noto che sul pavimento è stato disteso il copriletto ricamato, di seta egiziana, che in genere staziona sopra il letto dei miei. È un regalo che si sono fatti appena sposati, dopo quel matrimonio che loro si ostinano a chiamare "le mille e una nozze", perché pare gli sia costato la paga di un anno.

"Che ci fa il copriletto per terra?" chiedo senza rivolgermi a nessuno in particolare.

"Serve per asciugare l'acqua," spiega Archi. "Non ho trovato niente di meglio. Ma sta funzionando, vedi?"

Lo vedo. Purtroppo. È per questo che ingrano la retromarcia. Torno in cucina, riagguanto il vaso di fiori alcolico e mi scolo un altro po' di sbobba. A mali estremi, estremi sorsi.

E la cura pare funzioni. A un certo punto mi sento così disorientata da non riconoscere i contorni domestici. Da non ricordare dettagli fondamentali. Non ricordo, per esempio, quando Eli si è scolata pure lei uno, due, tre sorsi di quell'intruglio ad alta gradazione. Non ricordo quando Bea ha trillato: "Anch'io! Anch'io voglio assaggiare quella roba". Non ricordo quando RenatoArchiMirko e l'altro chi era? ah, sì, Virgilio dell'*Inferno* dantesco, hanno urlato "GOOOOL" una seconda volta. Ma ho un vago, vaghissimo, flashback ambientato nello studio di mio padre.

Vedo Eli e Bea, in ginocchio, vomitare sul prezioso kilim che sta sotto la scrivania di papà. Vedo (è una specie di videoselfie mentale) che mi avvicino a loro e – per puro spirito di condivisione – mi inginocchio e vomito un liquido giallognolo che mi sgorga dalle profondità dello stomaco (che ha raggiunto la latitudine dei piedi). Vedo RenatoMirkoArchiEccetera affacciarsi alla porta dello studio e dire: "Che schifo!".

Mi alzo (la bocca impastata di vomito). Li guardo nei 2x4 occhi e finalmente (non è mai troppo tardi) li mando a fare in culo.

"Ora voi quattro coglioni uscite subito da casa mia! Non vi ho invitato. Non avete nessun diritto di stare qui. Voi e la vostra squadra di merda andate a cazzeggiare da un'altra parte."

Devo essere partita. Tipo un razzo che raggiunge la sclerosfera. Quando mai ho imparato queste parole? Quando mai sono riuscita a infilarle tutte insieme in una proposizione di senso compiuto?

Loro stanno a fissarmi impalati. E io penso: Ora mi ammazzano. Prima mi seviziano e poi mi fanno fuori.

Chi sono? Cosa sono diventata? Tipo che, a quattordici anni, ho ancora il mio orsacchiotto Pino sul comodino (a cui auguro la buonanotte prima di dormire: qualche volta lo faccio fare pure alla vocina metallica di Siri dall'iPhone). Tipo che fino a un anno fa non riuscivo ad addormentarmi con la luce spenta. Tipo che se mi veniva la febbre, non volevo che mamma si allontanasse dal mio letto. Tipo che...

Quand'è che sono diventata così tosta? E sono tosta o solo stupida?

"Ce ne andiamo," dice Mirko. "Siete solo delle ragazzine."

"Tanto la partita è finita. E il Crotone ha fatto una figura di merda," chiosa Archi, dimostrando di aver colto in pieno il tema della conversazione. "Vinceva due a zero e si è fatto fottere quattro volte nel secondo tempo."

"Io torno a tifare Juve," fa Virgilio. "Che razza di squadra è il Crotone? Non dovevano nemmeno promuoverla in A. Hai visto il portiere? Quello starebbe bene nella squadra parrocchiale. Si è fatto infinocchiare come un chierichetto."

Si avviano verso la porta d'ingresso. Io li fisso senza muovere ciglio (non potrei: sento che mi viene ancora da vomitare). Prima di uscire, Renato il gallo torna verso di me.

"Mi spiace per la lampada," dice. "Prima di andare via te l'aggiusto. Io faccio l'elettricista."

"Lascia stare," rispondo trattenendo un conato di vomito.

"No. È poca cosa. E poi te lo devo."

Non riesco a rispondere nulla. Devo correre al bagno, inginocchiarmi davanti al water e rigettare quello che resta nel mio stomaco del miscuglio infernale che ho ingurgitato.

Quando torno in salotto, Renato non c'è più. Controllo. Quei quattro se ne sono davvero andati. Torno nello studio di mio padre. La puzza di vomito è micidiale e sul kilim c'è una pozza gelatinosa che pare uscita dall'intestino di un ramarro.

Non è finita. Visto che la casa è libera, James – tornato in possesso del suo habitat dopo un temporaneo esilio – entra nello studio di papà (che in genere gli è precluso), zampetta cauto verso la pozza, l'annusa interessato. Poi gira il suo culone peloso e dà il suo contributo all'opera d'arte. Il colpo di grazia.

Tutto si può risolvere?

Eli e Bea sono ancora sedute per terra nello studio di papà. Hanno l'aria inebetita. Sembrano due delle Barbie scarmigliate che tengo nascoste dietro i libri di scuola. Boccheggiano come Ulisse e Diomede.

"Che casino!" dico aprendo la finestra. "Come farò a spiegare a mio padre questa macchia?"

"Non preoccuparti," dice Bea, che sta riprendendo colore. "Ora portiamo il tappeto in una lavanderia a gettoni. Vedrai: tornerà come prima. Tuo padre non si accorgerà di nulla."

"Sono le dieci di sera," rifletto ad alta voce. "Dovremmo uscire e fare un chilometro a piedi col tappeto puzzolente sottobraccio?"

"E allora?" chiosa Eli, riesumatasi dall'Ade. "Che vuoi che sia? Ci facciamo una passeggiata. Così prendiamo un po' d'aria, che qui non si respira!"

Mi fa pure sentire in colpa! Non si respira a causa del nostro vomito, vorrei ribattere. Ma sarebbe inutile. A che servono le chiacchiere ora? Dobbiamo darci da fare. Sistemare il copriletto di seta sullo stenditoio del terrazzo perché si asciughi, buttare nel cassonetto quelle lattine di birra e le due bottiglie vuote di vodka, sistemare divani e cuscini, togliere ogni traccia di presenze aliene prima di andare a dormire. I miei

– penso – dovrebbero arrivare domani sera, ma quelli saranno così preoccupati che magari rientreranno prima. O chiameranno Marisa perché dia all'appartamento quella famosa "controllatina".

Io, Eli e Bea spostiamo la scrivania (quanto pesa!), arrotoliamo il tappeto (con farcitura di vomito) e ci prepariamo a uscire.

"Un momento!" esclamo in seguito a una tardiva illuminazione. "E i soldi? Quanto costerà lavare un tappeto?"

Eli e Bea mi guardano interrogative. Figurati se sanno darmi una risposta.

"Io ho trenta euro da parte," dico. "Ma – che palle! – li stavo mettendo via per comprarmi la borsa di Zara, quella con le frange."

"Fa niente, Ste," dice Bea. "Quella borsa è da truzza. Facciamo così: ti regalo la mia. Per farmi perdonare."

"Dici davvero? Quella floscia che usi sempre?"

"Quella floscia, come dici tu, è una shopper bag Forever 21. È tua. Basta che la fai finita."

Il seguito è palloso. Ma neanche tanto. Noi tre, quasi allo scoccare della mezzanotte, con un tappeto arrotolato sotto il braccio, raggiungiamo in fila indiana la lavanderia a gettoni. I fari di qualche auto di passaggio illuminano un marciapiede inumidito dalla guazza della sera. A un certo punto da un'auto che transita a una velocità spaziale sentiamo una voce: "Dove andate, bimbe? Che cadavere avete in quel tappeto?".

Mi viene in mente un film di Hitchcock, ma sono troppo rinco per ricordarmi titolo e trama. Raggiungiamo la lavanderia, apriamo l'oblò di una lavatrice da sei chili e tentiamo di ficcarci il tappeto.

Non entra.

"Forse dovremmo scegliere la lavatrice da dodici chili," dice Bea. "Costa di più, ma..."

Ma non abbiamo scelta. Introduciamo il tappeto, chiudiamo lo sportello, inseriamo venti euro nella fessura della macchina e premiamo lo start.

Stiamo per un po' lì, sedute su una panca, a guardare il tappeto che sbatacchia tra la schiuma del detersivo.

"Se questo fosse un film, che film sarebbe?" chiede Bea.

"Odissea nel risciacquo!" risponde Eli.

Ci guardiamo e ridiamo. Dapprima con un po' di incertezza, poi esplodiamo.

"Ma l'avete visto Archi?" chiede Bea. "Chi vi fa venire in mente?"

"Il prof di religione!" rispondiamo io e Eli all'unisono.

E ci scappa un'altra risata. Una di quelle interminabili. Una di quelle che ti fanno sbavare. Che ti riempiono di lacrime gli occhi e ti fanno venire il singhiozzo. O peggio.

"Mi sto pisciando addosso!" dice Bea. "Smettetela di farmi ridere."

Non riusciamo a fermarci. Visualizziamo Bea che si bagna le mutande e scoppiamo a ridere di nuovo. E Bea, in effetti, si piscia addosso. Troviamo tutto esilarante.

Che stupida sono stata a preoccuparmi, penso. La verità è che mi sto divertendo troppo. È una serata matta questa. E io ci sono dentro. Sono in una lavanderia a gettoni con le due strafighe della classe, mentre il resto del mondo sonnecchia. Mentre i miei sono a una stupida festa di compleanno da zia Laura. Mentre Giada... Be', che m'importa di Giada adesso? Perché il pensiero della mia quasi-migliore-amica mi annacqua un momento elettrizzante? Sono lontana da lei e dal suo mondo come una stella cometa dalla Terra. Anni luce mi separano dal mio passato di brava bambina. E la cosa non mi dispiace affatto.

Quando finisce il ciclo del lavaggio, io e Bea apriamo l'oblò. Il tappeto sembra pulito. Ma è bagnato, cavoli!

"Mica posso mettere il tappeto umido nello studio!" penso ad alta voce.

"Certo che no. Ti restano dieci euro, giusto? Lo infiliamo nell'asciugatrice. E aspettiamo finché non torna come nuovo," propone Eli.

Completiamo l'operazione. Ci sediamo di nuovo sulla panca. Non so come, chiudiamo gli occhi. E ci addormentiamo.

Ci svegliamo che è quasi l'alba. E solo perché sentiamo delle voci. Quando ci destiamo – più o meno tutte insieme –, vediamo tre signore intente a riempire gli oblò delle lavatrici vuote. Una mi è familiare. Il suo didietro coperto da una gonna gialla coi papaveri rossi stampigliati è oggetto frequente di conversazione (e ilarità) a casa mia. È il didietro della signora Maria, ottant'anni portati con la disinvoltura di un carroarmato.

Oddio, penso, è la fine. Perché la signora Maria, inquilina del primo piano, è la "Gazzetta del palazzo". Nulla sfugge al suo occhio presbite, sempre in agguato dietro le tapparelle semiabbassate. La signora Maria, vedova da tempo immemore, ha due passioni nella vita: una si chiama Canale 5 (il condominio ne è a conoscenza perché il volume del suo televisore è talmente alto da essere la colonna sonora del microcosmo in cui abito). L'altra sono gli inquilini: vita, miracoli, traslochi di chi vive dal pianoterra alla mansarda sono archiviati nella sua mente. E nelle sue chiacchiere. Chilometriche.

In quest'alba che per me ha il sapore di una bocca impastata di residuo alcolico e vomito, penso: Se la signora Maria mi vede, per prima cosa mi sottopone all'inchiesta delle cinque *w*: *who? what? when? where? why?* Applicando la codificata tecnica giornalistica mi chiede come, perché, eccetera io stazioni in una lavanderia a gettoni. Una volta immagazzinate le risposte-poco-convincenti e i dettagli figurativi del caso, impagina tutto mentalmente e ripropone il fatto ai miei (e a chissà chi altri), alla prima occasione. Che, al contrario dell'autobus per la scuola, non tarda mai ad arrivare.

Eli e Bea, accanto a me, hanno l'aria di due martiri cristiani ai tempi di Diocleziano. Sbiadite in volto come biancheria uscita da un candeggio forzato, disorientate come pulci su una testa calva, Eli e Bea stanno tentando di far aderire tra loro le sinapsi. Ovviamente non sanno chi sia la signora Maria. Ma io devo cercare di uscirne pulita (ogni riferimento alla lavanderia a gettoni è puramente casuale).

Do una gomitata a Bea, sperando faccia altrettanto con Eli. Il messaggio subliminale è: Ragazze, dobbiamo tagliare la corda.

Bea non capisce.

"Ste! Sei impazzita? Mi hai fatto male!"

"Ssssst!"

Faccio segno a Bea di zittirsi. Metto pure l'indice davanti alla bocca. Il linguaggio mimico dovrebbe rafforzare il messaggio.

"Che cavolo hai? Non posso nemmeno parlare adesso?"

Bea non solo è allergica al codice non-verbale, ma urla talmente forte da far sbocciare i papaveri. Il didietro della signora Maria assume la fisionomia del suo viso.

"Stefania, cosa fai qui a quest'ora del mattino? Non sei a scuola?"

"Veramente è... domenica!... signora Maria."

"Ah, già. È domenica. In effetti ho pensato di venire a fare il bucato prima di andare a messa. Tu non ci vai mai a messa, vero? Non vedo mai né te né i tuoi genitori."

"È perché ci sediamo in fondo alla chiesa."

Ho appena detto una balla. Ma questo che dovrebbe importare alla signora Maria?

"Uhm... io credo che voi non frequentiate abbastanza la chiesa. È un male, sai? Il Signore vede tutto."

"Un po' come lei."

Perché non mi risparmio certe battute?

"Non mi starai mica mancando di rispetto, vero? Io credo che ai figli bisogna insegnare prima di tutto l'educazione. Non so se i tuoi genitori siano d'accordo con me. A volte penso che anche loro avrebbero bisogno di qualche lezione."

"Ha ragione, signora Maria. Glielo dirò."

Mi alzo di scatto dalla scomoda panca che ha dato la sua forma al mio sedere, apro l'oblò e chiamo aiuto.

"Eli, Bea, il tappeto è asciutto. Venite ad aiutarmi."

"Di chi è quel tappeto?" s'intromette la signora Maria.

"È suo," rispondo indicando Eli.

"È suo," risponde Eli indicando Bea.

"È suo," risponde Bea indicando me.

"Insomma è nostro!" ciangottiamo all'unisono.

"Uhm... voi state combinando qualcosa," conclude sprezzante la signora Maria. "Voi tre non me la contate giusta."

Dovrei prendermi la briga di ribattere. Ma so che è una causa persa. La signora Maria sente solo le sue ragioni. Il contraddittorio per lei è come la pietra filosofale: un'invenzione balorda, il frutto di un'immaginazione senza antenne televisive.

Sono le sette del mattino quando rincasiamo. Entriamo nell'appartamento, ci avviamo verso lo studio, solleviamo la scrivania, ci sistemiamo sotto il tappeto, che ha un odore di detersivo misto a disinfettante. Andiamo in cucina. Eli risciacqua il vaso da fiori e lo rimette a posto. Bea mi aiuta a sprimacciare i cuscini e a piazzarli sul divano. Quello imbevuto d'acqua è ancora un po' umido. Bea lo asciuga con il phon.

"Tranquilla, Ste," mi rassicura. "Vedrai che i tuoi non si accorgeranno di nulla."

Quando la casa sembra tornata in sé, ci avviamo verso la mia camera. Per fortuna ho un letto a una piazza e mezza. Ci stendiamo sopra, vestite. Stiamo per addormentarci di nuovo, perché la stanchezza mica l'abbiamo evaporata.

Dal mio comodino arriva un trillo. È il mio iPhone. Lo prendo. Una notifica su WhatsApp. È di Giada. Mi ha mandato la foto di un vitellino che si sostiene insicuro sulle zampe. È un amore.

"L'ho chiamato Pino, come il tuo orsacchiotto" è la didascalia.

Sono troppo stanca per risponderle. Giada vedrà che la doppia spunta è ancora grigia. Penserà che non ho visto il messaggio. Che sto ancora dormendo. Ed è quello che faccio. Chiudo gli occhi, accanto a Eli e Bea, già andate, e sogno. Ma non ricordo cosa.

È tardo pomeriggio quando sento smanettare sulla porta d'ingresso. Nel dormiveglia penso ad ArchiRenatoMirko versione zombie di *Scream 1,2,3,4*. Penso siano tornati a fare quello che non hanno fatto: violentarci, ucciderci, smangiucchiare una coscia arrosto di James o cucinare Ulisse sulla piastra.

Mamma Dany si affaccia alla mia stanza.

"Stefy? Che ci fai qui? Dov'è Giada?"

"Oh, mamma! Siete già tornati?"

"Perché stai dormendo? E perché Elisabetta e Beatrice sono qui?"

"Sono venute anche loro in campagna da Giada," invento (riflessi pronti, non c'è che dire). "Hanno assistito al parto. È nato un vitellino bellissimo. Giada l'ha chiamato Pino, come il mio orsacchiotto."

"Perché non l'ha chiamato Umby?"

Mio fratello entra in camera e dice la sua. S'impunta.

"Giada mi aveva promesso che il prossimo vitellino l'avrebbe chiamato come me. Stupida! Ora la chiamo e le dico che è stupida!"

Mamma Dany riprende il filo.

"Non mi hai detto perché stai dormendo, Stefy. E perché sei a casa, anziché in campagna. Se cambi i programmi mi devi avvisare. Lo sai. Ora chiamo la mamma di Giada e le chiedo spiegazioni."

Per fortuna Eli si è svegliata.

"Salve signora! Ma quanto sta bene con quella maglia! Anch'io ne vorrei una così. Dove l'ha presa?"

"Da Sisley. L'anno scorso. Stefy dice che è da vecchia."

"Scherza? È divina."

"Vedi, Stefy? Te l'ho detto che te la prestavo. Alle tue amiche piace."

La conversazione sembra prendere una piega modaiola. Se non fosse che in camera arriva anche mio padre.

"Chi è entrato nel mio studio? C'è la finestra aperta. E un odore strano."

Vorrei tornare nel confuso mondo dei sogni che non ricordo.

"E poi…" continua papà, "il tappeto…"

Vorrei scomparire.

"… il tappeto è pieno di caccole di James! Quante volte ho detto che il coniglio non deve entrare nel mio studio? Ora, Stefy, vai di là e le raccogli tutte. Tutte, ho detto. Non ne deve restare una."

The day after. Cioè lunedì di scuola

Non so come sia riuscita a cavarmela lo scorso weekend. Una volta che Eli e Bea si sono defilate, mamma Dany ha cercato di contattare la mamma di Giada. "Per avere spiegazioni," ha minacciato. La mamma di Giada però non era a casa, aveva il cellulare spento e, insomma, non ha smentito la mia versione.

Umby si è addormentato sul divano. I miei hanno detto che a Padova ne aveva fatte di tutti i colori, tanto che – per la vergogna di avere un seienne catastrofico – avevano deciso di tornare a casa prima. Chissà che ha combinato mio fratello: niente di peggio di quello che ho combinato io, suppongo.

James è stato chiuso in gabbia. E – per una volta – non ho preso le sue difese. Non ho tirato in ballo Voltaire (che cito ogni volta che voglio rivendicare il diritto alla libertà, all'uguaglianza e alla fratellanza pure animale) e non ho cercato di osteggiare la "irreversibile" decisione di papà.

Mamma Dany ha detto che era distrutta. E si è eclissata.

Papà ha guardato la tivù. Ha trovato il canale sintonizzato su Sky calcio e ha chiesto debolmente – e al vento – chi in casa, oltre a lui e ai pesci, potesse interessarsi allo sport.

Ulisse e Diomede hanno fatto orecchie da mercante di triglie.

Nonostante gli eventi cataclismatici di quel weekend da paura, ho dormito. Mi sono svegliata alle sei e mezza. Ho preso la borsa floscia, anzi la shopper Forever 21, che Bea – come promesso – mi aveva lasciato, e ci ho guardato dentro.

Ci ho trovato la sua bustina dei trucchi. Quell'eyeliner nero, che stende come un evidenziatore sulle palpebre e la fa sembrare una gazzella, occhieggiava nella trousse.

Perché non approfittarne?

Ho chiuso a chiave la porta del bagno (sia mai che mio fratello venga a fare pipì quando sono nel backstage) e ho provato a truccarmi.

Con mano malferma mi sono fatta un baffo zigzagante sopra l'occhio destro. Parevo una zebra ubriaca. Ho preso lo struccante di mamma e ho cancellato il disastro. Ho inspirato. Ci ho riprovato.

Il tentativo ha avuto un esito discreto. Mi sono truccata l'occhio destro, e il sinistro. Tenendo la bocca aperta, chissà per quale motivo. Mi sono picchiettata un po' di fard in crema sulle guance. E ho steso sulle labbra un velo di burrocacao rosso ciliegia.

Ero carina, tutto sommato. Certo, non all'altezza di Bea o Eli, ma insomma: stavo nei confini, ero border-eyeliner!

Ho pescato dal cesto della biancheria sporca la maglietta Sisley di mamma. L'ho indossata (profumava di mamma) e mi sono avviata verso l'uscio. In punta di piedi.

"Stefy? Che fai? Vai già a scuola? Così presto?"

"Ho la verifica di storia, mamma. Devo incontrarmi al bar con gli altri per confrontare le risposte."

"Ok. Hai tutto? Vuoi i soldi per la colazione?"

"No. L'ho già fatta."

Non avevo mangiato nulla, in realtà. E avevo 50 centesimi nella tasca posteriore dei jeans. Andavano bene per mezzo cappuccino. Anzi: un terzo. Che importava? Non avevo fame. E poi dovevo dimagrire, sì o no?

Eli e Bea avevano una pancia inesistente e io invece mi trovavo un piccolo airbag proprio sotto lo stomaco. A che mi serviva? Mica dovevo schiantarmi con la vita, no? È che dovevo dimagrire un po'. Liberarmi di quella pancetta che debordava dall'ultimo bottone dei Levi's. Saltare la colazione era il primo passo verso il traguardo. Un primo passo che dovevo affrontare allontanando quel diavoletto di cornetto al cioccolato.

In classe c'è il solito scompiglio. William è ancora più rubicondo e, gonfiando le guanciotte, fa la locomotiva: *Sbuffffff! Sbufff!* Federico sorride tantoperbenino dietro il suo banco in prima fila. Alessandro, in piedi di fronte a una finestra, ascolta musica in quelle enormi cuffie gialle che sembrano captare segnali da Marte. Lisa sfodera le sue fossette. Karen si arriccia una ciocca.

Giada è al suo posto. Accanto al mio. Sorride. Di più: ha un'espressione entusiasta.

"Ste! Non hai visto il mio messaggio? Ti ho mandato la foto del vitellino su WhatsApp."

Prima di risponderle, mi guardo intorno. Bea e Eli non sono ancora in aula. Butto a terra la borsa floscia e mi siedo con un tonfo sulla sedia.

"Ti sei truccata?"

Giada sta dicendo un'ovvietà.

"Sì. Mi andava."

"Stai benissimo. Ma non sembri tu. Sembri diversa."

Diversa? A parte gli occhi con la coda dell'eyeliner, a parte la borsa floscia invece dell'Eastpak verde salvia, che ho di diverso?

"Ho visto la foto, Giada. È un bel vitello."

"L'ho chiamato Pino."

"Sì, lo so. Umby s'è arrabbiato. Dice che gli avevi promesso di chiamarlo come lui."

"Me ne sono scordata. Ma il prossimo vitellino, quello che nascerà tra una settimana, lo chiamerò Umberto."

"Bene. Glielo dirò."

"Che hai fatto a Padova? Ti sei divertita?"

"Non sono andata a Padova."

Devo raccontare a Giada qualche parziale verità. Devo dirle di non tradirmi con mamma. Di coprirmi le spalle per quel weekend fuori dalle regole.

"Sono stata con un ragazzo."

"Davvero? Con chi? Perché non mi hai detto niente?"

Sono domande legittime. Domande a cui non dovrei rispondere, per via di quell'assurdo divieto di "non parlare con Giada".

Ma Eli e Bea non si vedono. La campanella è suonata e il prof di religione sta già segnandole assenti. Quelle due probabilmente hanno bruciato. Oppure si sentono ancora stordite e hanno deciso di darsi malate.

Sono sollevata. Senza Eli e Bea nei paraggi posso inventare una storia convincente con Giada. Chiederle di mentire per me. Chiederle di raccontare a mia mamma che sono stata nella stalla ad assistere al parto.

"Come si chiama?"

"Chi?"

"Il ragazzo con cui sei stata."

"Virgilio."

"Che nome strano! Ai suoi doveva piacere quella palla dell'*Eneide*."

"A me Virgilio fa venire in mente l'*Inferno* di Dante."

"Oh! È così brutto il tuo ragazzo?"

"Sì, cioè no. È fantastico. Se no perché avrei passato la domenica con lui? È eccezionale."

"Dove lo hai conosciuto?"

"Uhm... al supermercato. Cercavo l'ammorbidente e ho trovato lui."

"?"

"È una battuta, Giada. Eravamo in fila alla cassa. Le nostre spese si sono mescolate. Un casino bestiale. Lui ha pagato le mie mozzarelle e io il suo detersivo per lavastoviglie. Comunque, davanti a una cassiera che ci torturava con gli occhi, ci siamo scambiati i numeri di telefono. Quando gli ho dato il mio, pensavo che non mi avrebbe richiamata. Lui è più grande. Fa tipo la quinta scientifico."

"Al Galilei?"

"Sì, al Galilei."

"In che sezione? Magari è in classe con mio cugino Francesco."

È possibile che quando confeziono una balla, in maniera così disinvolta, mi sfugge sempre qualche dettaglio determinante? Non potevo dire che Virgilio faceva il classico? O l'Itis? Dovevo proprio mandarlo allo scientifico, dove Giada ha un cugino? E ora? Che devo rispondere? Sezione F? Magari allo scientifico le sezioni arrivano fino alla E. Giada mi sgamerebbe subito. Ma che m'importa, poi? Che stress essere sottoposta a questa interrogazione non programmata. Giada non è una prof. Potrei mandarla a fanculo quando voglio. Eli e Bea lo farebbero.

"Dai, Giada, che ne so in che sezione sta! Non abbiamo certo parlato di scuola."

"E di che avete parlato?"

"Di niente."

"Niente?"

"Niente."

"Dove siete andati? Al cinema?"

"Siamo stati a casa mia. A guardare una partita di calcio."

"Stefy, tu odi il calcio!"

"Lo sto rivalutando."

"?"

"Voglio dire, è uno sport interessante. Una valanga di fighi di fronte alla rete dove altro li trovi se non in serie A?"

Giada mi scruta perplessa. La "valanga di fighi di fronte alla rete" l'ha disorientata. Devo cambiare discorso. E soprattutto proteggermi le spalle.

"Comunque mia madre non sa niente di questa storia. Non le ho parlato di Virgilio, per cui devi coprirmi. Se dovesse chiamarti, dille che ho passato il weekend da te. E avvisa pure tua madre. Dille che mi sono innamorata."

"Ti sei innamorata davvero?"

Una lucina si accende nelle pupille di Giada. Il suo sguardo attende altri Led. Ma io ho solo voglia di spegnere l'interruttore.

"Giada, ti prego. Coprimi."

"Va bene. Non sono brava a raccontare bugie. Ma per te lo farò. Quando vieni a vedere Pino?"

Karen, William, Davide, Federico e gli altri non hanno nemmeno notato che sto parlando con Giada. È lunedì mattina e devono ancora emergere dalla pausa-fine settimana. E visto che Eli e Bea sono assenti, le transenne anti-Giada sembrano inesistenti. Sembrano quello che sono: un'imposizione assurda.

Ma magari, domani, i miei compagni potrebbero fare le spie.

Soprattutto Alessandro. Mi osserva con insistenza. Strano. Di solito sono io a farlo. Che vuole? Gli piaccio così truccata?

O si sta chiedendo perché do retta a Giada contravvenendo a una decisione plenaria? Mi posso fidare di lui? Che grande enigma è questo ragazzo. Carino da morire, ma indecifrabile. Possibile che fra tutti i compagni dallo sguardo trasparente come un torrente di campagna, mi sia intrappolata nella tagliola di due occhi azzurri?

Nell'intervallo, lo affronto.

"Ale, che ascolti?"

"Eh?"

"Che stai ascoltando?"

"Reggae."

"Senza muoverti? Come fai ad ascoltare reggae senza ballare?"

Gli prendo le mani e gli faccio fare due passi strampalati. Il reggae non ha niente a che vedere col valzer, ma il mio è un pretesto per avvicinarmi ai suoi pensieri.

Sono nervosa. Lui di più.

Si libera dalla stretta, toglie le cuffie e me le passa.

"Ascolta tu un po' di musica," dice. "Devo andare al bagno."

La conversazione più romantica delle 11.05. E la più equivoca. Che ha Alessandro?

Torna in classe dopo che la campanella di fine intervallo è suonata da dieci minuti.

"Celiberti! Te la sei presa comoda, eh?"

Il prof di scienze è un Big Ben. Ogni volta che uno di noi esce dall'aula lo cronometra. Io sono ufficialmente una delle allieve dalla pipì più lunga.

"Stefania De Biasi," mi ha arpionato una volta. "Dove vai al bagno? Nel plesso vicino? Guarda che in fondo al corridoio abbiamo dei servizi funzionanti. La prossima volta, cerca di usare quelli."

"Ma prof! Cosa fa, cronometra le uscite? Ognuno di noi ha tempi di evacuazione diversi."

La classe è esplosa in una risata. Il prof di scienze (ironia fattore zero) ha minacciato di mettermi una nota.

"Per aver risposto in modo rispettoso," gli ho fatto il verso.

Lui ha preso il registro e la nota me l'ha data sul serio. Mossa prevedibile come il solstizio d'autunno.

Alessandro invece è un rebus. Un cubo di Rubik. Un'equazione di secondo grado. I suoi pensieri sono i fattori x e y. Incognite.

Alla fine dell'ora gli riporto le cuffie.

"Ti vedo strano, Ale."

Lui: "Ti sei guardata?".

Ho capito. Non gli piace il mio trucco. Anche perché – dopo un po' – a forza di strofinarmi gli occhi (ho ancora un sonno strabestiale), l'eyeliner deve essere diventato un'ombra grigia che accentua le mie preoccupazioni.

A casa, papà si sarà accorto che manca il suo decanter? Mamma avrà già chiamato la mamma di Giada? Eli e Bea dove saranno? Qualcuno avrà già scritto su WhatsApp che ho passato la mattina a chiacchierare con Giada? I miei pensieri sono segnali interrogativi lanciati nell'etere. A cui non mi resta che dare l'unica risposta possibile: chi se ne frega?

Una, due, tre vite

Dicono che la memoria sia come un muscolo. Va allenata. Più uno la allena, più diventa potente. Mamma Dany sostiene (l'ha letto da qualche parte) che nella fase dell'adolescenza le potenzialità della memoria sono più elevate che in qualunque altro periodo dell'esistenza. Il che significa – dice mia madre – "che voi ragazzi in questo periodo avete una straordinaria capacità di immagazzinare dati ed esperienze. Basta che lo vogliate".

Questa dovrebbe essere anche la ragione per cui la Bellotti, la prof di italiano, ci fa imparare a memoria un uragano di poesie.

Tacciono i boschi e i fiumi
e 'l mar senza onda giace.
Ne le spelonche i venti han tregua e pace
e ne la notte bruna
alto silenzio fa la bianca luna.
E noi tegnamo ascose
le dolcezze amorose.
Amor non parli o spiri.
Sien muti i baci e muti i miei sospiri.

Vabbè, questa poesia del Tasso la imparerei anche se non fossi obbligata, ma quel sonetto del Petrarca, *O cameretta che già fosti un porto...*, proprio non mi entra in testa.

In ogni caso, per questioni di sopravvivenza, è bene che la memoria a volte vacilli.

Dopo quel weekend da conigli/leoni, ho tentato di resettare la sbornia, il vomito e i quattro cavalieri dell'Apocalisse che Eli e Bea mi avevano portato a casa.

E tutto sembrava funzionare. Mamma Dany s'era scordata di confrontarsi con la mamma di Giada. Mio padre non aveva usato il decanter, perché nel frattempo si era fatto gli esami del sangue, il medico gli aveva detto che aveva qualcosa tipo le "transaminasi" sballate e che per non po' non avrebbe dovuto toccare il vino. Ulisse e Diomede continuavano imperterriti a nuotare nell'acquario; James – al solito – si faceva i pelosi fatti suoi (zoppicava un po': era possibile che una scheggia di vetro gli fosse entrata nella zampina?); il copriletto di seta egiziana era vagamente stropicciato, ma figurati se i miei se n'erano accorti, e il tappeto kilim continuava ad avere una sospetta macchia giallastra, ma mio padre ci aveva sistemato sopra una pila di riviste e non si era reso conto del guaio.

Tutto andava bene. O quasi.

Eli e Bea mi avevano definitivamente inserito nel loro microgruppo. Ora le strafighe della classe erano due più una: io! Sì, vabbè magari non ero proprio alla loro altezza (anche perché entrambe svettavano dieci centimetri sopra la mia testa), ma potevo essere paparazzabile.

"Ste, ce lo facciamo un selfie col bidello Ancilotto?"

Persino le befanine di seconda avevano imparato il mio nome e mi taggavano sui loro profili Facebook.

Adesso mettevo la sveglia mezz'ora prima del solito per prepararmi. Dovevo truccarmi. Perlustrare l'armadio di mia madre e cambiarmi ogni giorno T-shirt e dintorni. Quando entravo in classe, parlavo sempre al cellulare. Dall'altro capo del filo invisibile c'era soltanto nonna Alba (che si chiama così perché i miei bisnonni avevano probabilmente intuito che, per tutta la vita, si sarebbe svegliata alle quattro del mattino). I miei compagni non sapevano chi fosse il mio interlocutore.

Io mi limitavo a dire: "Che fai?".

E nonna Alba: "Ora pulisco i piatti di ieri, perché non avevo proprio voglia di fare il secchiaio dopo cena, rifaccio il letto e poi leggo 'il Corriere della Sera'".

"Ah, ah! Molto divertente!" rispondevo io per far credere all'ignara platea che qualcuno di molto ganzo mi stesse raccontando qualcosa di ganzissimo.

"Mah, Stefania. Non è che le notizie siano sempre divertenti. Viviamo in un mondo maligno. Il terrorismo, questo insano disequilibrio tra ricchi sempre più ricchi e poveri sempre più poveri ci porteranno alla catastrofe. Non c'è rispetto per nessuno e per niente. Anche l'ambiente risente della stupidità umana..."

"Sì, sì. È davvero una cosa stupida," rispondevo ad alta voce.

I miei compagni mi guardavano, chiedendosi: Con chi sta parlando? Qual è la cosa stupida?

E nonna Alba, all'altro capo: "Be', Stefy, ora chiudo. Sono contenta che mi chiami ogni mattina, ma devo proprio salutarti. E poi tu sei a scuola, no?".

Si può dire che avessi una tripla vita.

La prima, quella consueta, fatta di pranzi-e-cene con i miei, di baruffe e bacini con mio fratello, di cacce (amorevoli) allo zoppicante coniglio James, riluttante chissà perché alle mie strepitose coccole, di cadenzate chiacchierate con Giada (ambientate nella mia stanza, ma soprattutto al telefono), di parentesi-studio (effettuate nel tempo libero dai voli con la fantasia) e di qualche (sempre meno frequente) allenamento di pallavolo.

La pallavolo mi era venuta a noia. Eli aveva ragione: che senso aveva frequentare una palestra puzzolente quattro volte alla settimana, con quell'allenatore che aveva sempre da ridire su tutto, infilarsi quei ridicoli pantaloncini arancio papaya e saltellare sotto rete tra quelle compagne di squadra che erano diventate un tornado più alte di me? E poi c'erano dettagli esterni che mi mandavano in tilt. Quando, durante una partita, qualche cerebroleso dagli spalti urlava "Schiaccia numero 6, che aspetti a schiacciare?", mi veniva un tale nervoso che avrei preso la rete e gliel'avrei avvolta intorno come a un cefalo.

Che voleva il mondo da me? Se da bambina avevo sognato di diventare una campionessa olimpionica di volley, una di quelle atlete ipermuscolose che mette la sua firma svolazzante sui poster patinati che i fan le piazzano sotto il naso, crescendo – ma nemmeno troppo – avevo capito che non sarei mai diventata una pallavolista da campionato nazionale. La Terza Divisione del campionato provinciale era il massimo a cui avrei potuto aspirare. Ma con quale fatica! E quali conseguenze: le mie compagne avevano cosce dalla circonferenza più ampia dei prosciutti di San Daniele. Se si credevano fighe era solo perché mamme, papà, qualche amico e parentitudine varia, le domeniche di gara, occupavano gli spalti con quei ridicoli striscioni con la scritta "Forza Ragazze". Uno slogan talmente originale che doveva minimo essere stato commissionato a qualche copywriter di grido.

La mia seconda vita era quella che interpretavo. Come un alter ego di me stessa. Come un'attrice-comparsa sul palcoscenico della quotidianità. Su quello che aveva come scenografie le aule di scuola. Ma anche i negozi-luci-al-neon del centro commerciale, o le panchine del viale maggiore. Nei pomeriggi di sabato e domenica avevo preso a uscire con Eli e Bea.

Non è che mi divertissi alla follia. Ogni volta mi ci voleva un'ora per decidere cosa indossare. E ogni volta sbagliavo. Se mi mettevo le zeppe di mamma (abbiamo lo stesso numero: quello stupido 36), Eli e Bea avevano ai piedi le sneaker o le ballerine. Vuol dire che loro sgambettavano veloci e io gli arrancavo dietro: un'imbranata sulle zattere.

Se decidevo di mettermi le stracomode e mezzo sfondate Superga color purè, stai tranquilla che loro avevano i tacchi. Dodici. E mi superavano di mezzo metro. Io ero una puffa, loro le Tour Eiffel.

Eppure pareva mi avessero accolto in quel loro esemplare universo stellare fatto di piccole sbronze (non è che l'esperienza della vomitata collettiva ci avesse insegnato qualcosa) e di giravolte da Zara o da Tally Weijl dove Eli o Bea rubacchiavano un braccialetto o un cerchietto che non avrebbero mai indossato, ma il cui possesso illecito gli trasmetteva per qualche ora una scossa adrenalinica.

Ogni tanto, mentre con Eli e Bea ci annoiavamo su una panchina del centro, pensavo a Giada.

La mia ex quasi migliore amica, la mia compagna di sempre aveva capito che qualcosa non andava. Ma non aveva messo a fuoco il problema.

La questione WhatsApp l'aveva indagata più di una volta. Con il mio (falso) aiuto. Giada aveva intuito che quello che non funzionava non era l'applicazione, ma chi la usava. Io le avevo lanciato un fumogeno di bugie negli occhi.

"Giada, il gruppo WhatsApp della Prima D è stato chiuso. Per questo non ti arrivano notifiche. Eli e Bea stanno pensando di sostituirlo con Telegram, che è più audace."

"Audace?"

"Volevo dire più... più avanzato."

“Sì, ma perché hai usato la parola ‘audace’?”

“E che ne so, Giada. Una parola vale l’altra, no?”

“Per me sì. Per te no, Ste. Per te le parole sono importanti.”

“Uffa, Giada! Che pallosa sei. Sembri la Bellotti. Mi fai la morale? Mi dai pure i voti?”

“Ma no, Ste. È che non ci sei più per me. Mi rispondi al cellulare solo quando sei a casa. In classe non mi dai retta. Sei lì, seduta accanto a me, e mi sembra di stare con un fantasma. Non mi hai più raccontato niente di Virgilio...”

“Virgilio?”

“Il tuo ragazzo. Lo vedi ancora?”

“Ma no, figurati. È stata una cosa così. Niente di che. Nemmeno ricordavo di esserci stata.”

“Quando l’hai lasciato?”

“E che ne so, Giada. Ho troppe cose da fare per ricordarmi queste cagate!”

“Be’, scusa, a me sembrava importante. Hai preferito stare con lui che con me quel fine settimana... Ho dovuto pure mentire a mia madre...”

“E allora? Mi rinfacci di avermi fatto un favore?”

“No, Ste, è solo che...”

“Che sei un’ingrata, Giada.”

“Perché?”

Già, perché? Cosa mi aveva fatto Giada per meritarsi un’etichetta che non le calzava affatto? In passato non avevamo mai messo a bilancio i piccoli favori che ci scambiavamo a vicenda. Era naturale venirsi incontro. Ma ora quel passato era remoto. Lontanissimo da quel presente che correva tanto in fretta, e che era fatto di istanti. Inafferrabili. Giada un’ingrata? Non ero piuttosto io a dover sentirmi in colpa? Domande stupide. Che mi facevo distrattamente e che lasciavo scoppiare dietro e dentro di me. Eppure forse trattavo male Giada perché in qualche modo mi sentivo in colpa verso di lei. Perché nemmeno io capivo cosa mi era accaduto. Perché aggredire Giada era più facile che giustificare il mio assurdo cambiamento. Lei comunque non se ne accorgeva. O cercava di ignorare le mie risposte al veleno. Chissà. Magari pensava che avessi delle paturnie legate a un ciclo capriccioso. O che avessi altro per la testa. Che fossi così acida per una ragione che le sfuggiva. Ma di cui voleva sapere.

"Hai un altro ragazzo, Stefy?"

"Ma no. Che ti viene in mente?"

"Non so. Ho pensato che ti sei innamorata, ed è per questo che ti sei allontanata da me. Ti va di stare sola. Ricordi che ci ha raccontato tua mamma? Quando si è messa con tuo padre, ha perso tutte le amiche. C'erano solo lei e lui al mondo. Ti sta succedendo la stessa cosa?"

"Giada, la smetti con le cazzate?"

"Stavo solo dicendo che... mi mancano i nostri incontri, Ste. Le confidenze. Sai, ho pensato che te la intendessi con Ale."

"Ale?"

"Alessandro. Il nostro compagno di classe..."

"Sei scema? Come ti è venuto in testa?"

"Passi con lui l'intervallo..."

"Non è vero! Tu sei matta. Ci ho scambiato sì e no due parole in questi mesi di scuola."

"Però ti piace, vero?"

"No."

"No?"

"Giada, dacci un taglio. Perché non ti trovi tu un ragazzo? Ne avresti bisogno..."

"L'unica cosa di cui ho bisogno è andare in campagna più spesso. Ho iniziato ad aiutare mio nonno in stalla: armeggiare con le mungitrici automatiche è una forza. Bisogna farle aderire bene alla mammella e disinfettarle perfettamente dopo l'uso."

"Davvero magnifico! Ora che me l'hai detto mi sento meglio."

"Perché non provi anche tu a sperimentare la mungitura? Mio nonno chiede di te... Non sei venuta a vedere Pino, e nemmeno Umby, l'ultimo nato."

"Capirai, Giada! Di Umby a casa ne ho già uno e rompe di brutto."

"Ma non è un vitellino."

"No: è un porcello."

Tutta l'ultima conversazione si era svolta a casa di Giada. Credo che si fosse confidata con la madre. Perché era stata proprio sua madre a telefonare alla mia per invitarmi a mangiare gli gnocchi alla ricotta.

"Che idea balorda!" avevo strillato a mamma Dany. "Non voglio mangiare gnocchi, sono in dieta!"

"E da quando?"

"Da quando mi sono guardata allo specchio. Sono tonda come un cocomero."

"Stefy, sei in forma perfetta. Anzi: secondo me sei un po' dimagrita negli ultimi tempi. Quei jeans ti stanno larghi."

"I jeans si allargano dopo un po' che li metti. E io ho solo questi."

"Non è vero! Le ante dell'armadio non si chiudono da quanta roba c'è dentro. E poi saccheggi anche il mio di guardaroba!"

"Comunque spero tu abbia risposto alla mamma di Giada che non vado a mangiare degli stupidi gnocchi..."

"Niente affatto. Gli gnocchi sono il tuo piatto preferito. E se non te li prepara nonna Alba o la mamma di Giada, quando li mangi? Io non li so fare."

"Che strapalle! Non ho nessuna voglia né di gnocchi, né

di Giada. Ora richiami sua mamma e le dici che ho un impegno."

"Strapalle un corno, Stefania. Che razza di parole usi? E che impegno avresti? Se non ti vanno gli gnocchi, ti farai preparare un'insalata. Vai da Giada e basta. Punto."

Tipico di mamma Dany. Usare la punteggiatura come strumento tirannico.

Avevo dovuto cedere. Ed era stata una pessima idea. Primo perché, a casa di Giada, non avevo resistito a quel piatto fumante di gnocchi (avevo pure fatto il bis), secondo perché – visto che compiti non ce n'erano – Giada mi aveva chiesto di accompagnarla da Sephora per comperare una crema astringente. Sfigata com'era, le erano pure fioriti dei brufoletti sulla fronte.

E da Sephora è successo un bordello. Dietro la commessa, che illustrava le virtù miracolose di una pomata che avrebbe "drenato l'epidermide rendendola omogenea e luminosa", si sono materializzate Eli e Bea. Dovevo immaginarlo che avrei potuto incontrarle in profumeria. Sapevo che quello era uno dei posti che frequentavano. Per spruzzarsi una quantità di profumo che le avrebbe circondate come un'aureola per ore.

"Ste, che sorpresa! Non avevi detto di avere pallavolo oggi?"

Sgamata.

"Ehm, sì. Ma poi l'allenamento è saltato."

"Potevi avvisare. Ti aspettavamo."

"È venuta a mangiare a casa mia," si è intromessa Giada.

Eli e Bea si sono scambiate un'occhiata lanciadardi.

"Porto la crema alla cassa?" La commessa aveva altro da fare che ascoltare quattro dementi con problemi di brufoli.

"Giada, dovresti provare questo rossetto." Ero così incazzata con me stessa per essere stata vista in compagnia della mia ex migliore amica, che ho reagito da vipera. Ho preso da un espositore un rossetto waterproof marrone scuro, l'ho aperto e con fare da esperta estetista ho squadrato Giada.

"Ma Ste, io non uso il rossetto! E poi questo è scurissimo."

"È quello che ci vuole. E funzionerà meglio della crema."

Ho picchiettato il rossetto sulla rosa di brufoletti che si era aperta sopra il naso di Giada. Il risultato era terrificante. Nemmeno l'ideatore della famiglia Addams sarebbe riuscito a pensare a un trucco così osceno.

"Ecco fatto. Ora sei una vitella a pois," ho detto a Giada annerendole col rossetto pure la punta del naso. "Ci si vede."

Le ho dato vigliaccamente le spalle sperando che Eli e Bea mi seguissero fuori dal negozio. Illusa. Appena hanno finito di sghignazzare in modo plateale, quelle due hanno rincarato la dose. Con un pennello hanno pescato dalla tavolozza dei trucchi esposti ombretti dai colori assurdi e hanno dipinto il viso di Giada come un quadro di Kandinskij.

Lei era immobilizzata. Non sapeva che fare. Che dire.

"Cosa avete combinato? Andate fuori di qui a fare i vostri stupidi scherzi! Uscite subito. Tutte." La commessa era imbufalita.

"Ma io devo togliermi questa roba dalla faccia," ha tentato di protestare Giada.

"Non ci pensare nemmeno. Fatti togliere quella maschera dalle tue amiche. Fuori di qui. E la prossima volta che vuoi prendermi in giro, pensaci due volte. Non ho tempo da perdere."

Fuori dalle porte scorrevoli di Sephora, Giada mi ha rivolto un'occhiata triste come quella di un clown. Forse la lacrima che le scendeva vistosa dall'occhio destro non faceva parte del trucco astratto. Ma io – combattuta tra il chiederle scusa per quella cazzata che avevo fatto o unirmi alla risata gracchiante di Eli-Bea – ho optato per il non intervento.

Giada si è allontanata correndo.

"Dove vai?" le ha urlato Bea estraendo il cellulare. "Torna qui che dobbiamo farti una foto."

Dopo quell'episodio ho deciso che dovevo risolvere una questione impellente. Quella del banco. Non potevo più stare gomito-a-gomito con Giada in classe. Dovevo ricorrere a uno stratagemma. O meglio: a una mossa reazionaria (avrebbe detto mio padre).

Ho chiesto al prof di scienze, che è il coordinatore, un colloquio a quattr'occhi. O meglio a sei (occhi), visto che lui porta degli occhialini da miope con lenti che gli ingrandiscono le pupille tre volte.

"Che c'è, De Biasi?"

"Prof, le devo chiedere un favore. Dovrebbe spostarmi di banco."

"Vuoi scherzare? Tu e la Surace non andate più d'accordo?"

"No. Io e Giada siamo amiche. Il fatto è che…" (stavo cercando le parole più convincenti) "è che Giada è un po' emarginata dal gruppo-classe. Lega solo con me, mentre avrebbe bisogno di inserirsi di più."

"Questo è vero. Ne abbiamo parlato anche in consiglio di classe. Abbiamo colto qualche segnale in questo senso. E dunque: cosa proponi?"

"Di metterla accanto a Federico, magari."

"Non mi pare che Federico sia un elemento trainante…"

"Ma è sensibile, ben integrato. Potrebbe esserle di aiuto."

"E tu? Dove vorresti sistemarti?"

"Non so. Vicino a Elisabetta?"

"Escluso. Quella chiacchiera in continuazione."

"Beatrice?"

“Nemmeno per sogno! È distratta. E ha dei voti pessimi. Ti influenzerebbe negativamente.”

“Allora potrebbe mettermi in banco con Alessandro...”

Non so come né perché mi era venuta quell’idea. Alessandro? Oddio! Non mi avrebbe rivolto la parola in nessuna delle cinque ore. Chiuso a riccio com’era, avrebbe risposto alle mie domande con quattro monosillabi: no, sì, mah, uff.

“È una buona idea. Ti sistemerò accanto ad Alessandro.”

Così io e Giada, dopo un cumulo geologico di ere di scuola passate vicine vicine, per la prima volta ci siamo allontanate.

Lei, sorpresa (quanto la classe) dell’improvviso spostamento, ne ha chiesto il motivo.

Il prof di scienze le ha risposto che era “per ragioni didattiche”. Certo che per essere un insegnante, e non un semplice burocrate del ministero della Pubblica istruzione, avrebbe potuto trovare qualche motivazione più sagace.

Comunque Giada s’è adeguata. Ha raccolto i suoi libri, lo zaino, e a testa bassa è emigrata dall’altra parte dell’aula. Ci separavano quattro banchi, otto teste e una nuvoletta di inquieta malinconia, che percepivamo solo noi. Eppure non le era andata male, dai. Federico tantoperbenino era un compagno che faceva tenerezza quanto un vitellino. Lei gli ha sorriso, sedendogli vicino. Lui ha controllato che Eli e Bea avessero altro da fare. Poi ha sorriso anche lui.

Io mi sono spostata accanto ad Alessandro. Con una fragorosa colonna sonora di sedie trascinate. Mi sono accomodata e ho sospirato. Talmente forte da sollevargli una ciocca di capelli. Lui non si è scomposto. Mi ha offerto per cinque ore il suo profilo destro. Il migliore (anche se nemmeno il sinistro fa schifo). Ho tentato di fare public relation.

“Hai un temperino?”

“Sì. Tieni.”

"Hai un fazzolettino?"
"Sì, tieni."
"Hai fatto gli esercizi di matematica?"
"Sì. Vuoi copiarli?"
"No. Li ho fatti anch'io."
"Hai risposto alle domande di storia?"
"Sì, vuoi copiarle?"
"No. Le ho fatte anch'io."
"Credi che pioverà?"
"Da qui a fine anno è probabile."

Aveva pure il senso dell'umorismo. Se non fosse stato sigillato come un barattolo di peanuts, sarebbe stato la merenda ideale! E poi era stramaledettamente bello visto da vicino.

"Ale?"
"Sì?"
"Niente."
"..."
"Che c'è?"
"Puoi smetterla di fissarmi con la coda dell'occhio?"

"Ma io non ti fisso, Ale. I miei occhi non hanno la coda. Ah! Forse ti riferisci all'eyeliner! Allunga lo sguardo in maniera ipnotizzante. Pensa che l'altro giorno mio fratello Umby l'ha trovato nella mia borsa. Chissà perché mette le sue manacce sporche di Nutella nelle mie cose. Comunque, ha preso l'eyeliner e si è fatto due baffi lunghi così sopra le labbra! 'Sono D'Artagnan!' ha detto entrando in camera mia. 'Sono un moschettiere.' L'avrei ammazzato. Ma mi faceva troppo ridere."

"E poi?"
"Poi cosa?"
"Che è successo?"

"Niente. Mamma l'ha ripulito. Con lo struccante ha messo fine a una promettente carriera d'avventuriero. Umby ha brontolato un po', poi è tornato a darsi al suo sport preferito: la caccia al coniglio."

"Hai un coniglio?"

"Sì. Si chiama James. E ti somiglia."

"Perché?"

"È asociale come te. Ma ha le orecchie più lunghe."

Ad Alessandro è spuntato un sorriso. Ma si è voltato dall'altra parte e ho potuto coglierne solo la scia.

"De Biasi! Vuoi leggere il paragrafo o no? Prima pretendi che ti metta in banco con Alessandro e poi ti distrai. Devo pensare che avessi altre motivazioni oltre a quelle scolastiche?"

Stronzo! Il prof di scienze era a tutti gli effetti uno stronzo patentato. Perché doveva dire a tutta la classe che ero stata io a chiedere di mettermi in banco con Ale? Perché ha fatto saltare per aria il castello di menzogne che avevo costruito per Eli e Bea? A quelle due, che mi avevano chiesto perché fossi stata spostata di banco, avevo risposto tipo che i prof non si sa mai cosa hanno in testa, che avevano deciso tutto loro in consiglio di classe e che io piuttosto che con Alessandro, toh, avrei preferito stare in banco con William-puzza-di-fritto. A costo di mettermi una molletta da bucato sul naso.

Ora la verità galleggiava come un'alga sulla risacca della Prima D.

Non c'erano scuse. Ero diventata una stronza. Che mi aveva fatto Giada per farle quello stupido scherzo in profumeria? Per farla diventare oggetto dell'ilarità dei passanti? Per farla allontanare dal mio banco? Chi mi aveva obbligato a dare retta a Eli e Bea? Perché mi ero messa in testa di farmele amiche, quando un'amica (vera) ce l'avevo già? Le domande stavano rintanate nella mia testa. E mi si presentavano davanti, tipo verifica improrogabile, non nella mia prima vita, non nella seconda, ma nella terza.

La mia terza vita era quella che scorreva silenziosa dentro il cuore. E nella mente. Si presentava quando, nella mia camera, cercavo di concentrarmi sulla democrazia di Clistene o di Pericle, sulla fotosintesi clorofilliana, o sul visconte dimezzato di Italo Calvino. Dimezzato? Io mi sentivo una, nessuna e centomila e quando mi guardavo allo specchio per togliermi dagli occhi, con lo struccante di mamma, quella coda sempre più marcata di eyeliner, mi chiedevo chi fossi davvero.

La mia terza vita mi faceva rigirare nel letto, prima di addormentarmi. Mi faceva detestare me stessa al punto da prendermela con Pino, l'orsacchiotto, che una sera avevo scaraventato sopra l'armadio e che ora mi scrutava inquieto da lassù. Con James, che fiutava i miei passi senza avvicinarsi (stupido coniglio-testa-di-leone). Con Umby, che mi chiedeva, spalancando i suoi occhi verdi come se fosse stato nel Paese delle meraviglie: "Stefy, perché non mi aiuti più a fare i compiti?".

Solo con i miei non me la prendevo. Li ignoravo e basta. Quando parlavano, schiacciavo il tasto off. L'udito era scollegato.

La mia terza vita, quella silenziosa, in realtà faceva un baccano del diavolo. Ma nessuno, a parte me, ne sentiva l'eco.

E Giada? Come stava vivendo questa storia? Ingenua, generosa, semplice e trasparente nei suoi rapporti con uomini e bestie, era riuscita a comprendere il nostro distacco? Ad accettarlo? Più di una volta mi era venuta la tentazione di chiederle scusa. Per quella mossa cretina della profumeria. Le avevo anche scritto due o tre messaggi. Ma non li avevo mai inviati. Mi ero spinta troppo in là, pensavo. Un messaggino non avrebbe ricucito il nostro legame. In classe non le parlavo più. Facevo finta di non vederla. Una sera era stata Giada a inviarmi un sms con una faccina sorridente: "Ste, ci sei?".

"No, non ci sono," avevo detto a me stessa. "Non ci sono per nessuno." E avevo cancellato quel suo stupido smile, senza risponderle.

Eppure ogni giorno, due o tre volte al giorno, controllavo la sua pagina Facebook.

Giada, nella copertina del diario, abbracciava i suoi vitellini. Ogni tanto postava qualcosa. Di banale. Uno di quegli aforismi pescati in rete, con tanto di foto photoshoppata, che dicevano amenità tipo: "Gli amici veri sono quelli che ti aiutano a rialzarti, quando gli altri non si erano nemmeno accorti che eri caduto". Oppure: "Un amico è la cosa più preziosa che tu possa avere e la cosa migliore che tu possa essere".

Che idiozie! Un amico, pensavo, è quello che ti sorprende. E Giada non mi aveva mai sorpreso. Anche se. Anche se sbattendole la porta in faccia, avevo chiuso dietro le spalle tutta la mia infanzia.

Che contraddizione è la vita. Pensavo. E avrei voluto postare la riflessione sul mio profilo Facebook. Ma poi ci rinunciavo. Era meglio pubblicare un selfie. Con quella maglietta giallofluo aderente sembravo sexy quasi quanto Bea. Andavo in bagno. Mi riflettevo nello specchio grande tenendo il cellulare in modalità selfie, mettevo le labbra a cuore (mia madre, che non capiva niente, diceva che erano "a culo di gallina"), scattavo una, due, tre quattro foto. Selezionavo la migliore e la sparavo su Facebook e Instagram.

In mezz'ora avevo già trenta like, tre cuori, e qualche stupida faccia ridens. Poi arrivavano i commenti.

"Ti mangerei!" scriveva William (quello avrebbe divorato pure Zuckerberg).

"Che carina!" scriveva Federico tantoperbenino (non si sarebbe sbilanciato nemmeno sotto tortura).

"Gnocca," scriveva Eli.

"Stragnocca," scriveva Bea.

"Perché non vieni a scuola con quella maglietta?" chiedeva Lisa-fossette.

"Quella maglia è mia! Chi ti ha dato il permesso di indossarla?" Questa era mia madre. Lo sapevo che non dovevo darle l'amicizia su Facebook. Mi faceva fare figure da lenticchia.

Speravo che Ale o Giada commentassero qualcosa. Invece niente. Ale il suo profilo non lo aggiornava mai (probabilmente andava su Facebook una volta al mese) e Giada... magari non aveva più nessuna voglia di interessarsi a me.

Mrs Butterfly

Primavera non bussa. Lei entra sicura.

Siamo già a fine aprile e le giornate si sono allungate come i miei capelli.

Ora li porto lunghi. Raccolti in una coda. Ma ho la tempia, e parte della nuca destra, rasata.

È stato il parrucchiere di Eli a farmi questo taglio. Non so se mi piaccia o no. Ma Eli-Bea dicono che è cool. Il loro parrucchiere dice che "fa tendenza". Mia madre dice che "fa schifo". Dice che se le avessi detto che avevo intenzione di rasarmi non mi avrebbe scucito i soldi del parrucchiere.

In questi due mesi pre-primaverili ho cambiato anche il resto del look. La coda dei miei occhi si è allungata sempre di più, poi ha iniziato a compiere dei volteggi, a sciogliersi in piccole spirali.

"Sembri una piccola Butterfly," ha detto mia madre.

Ho messo la modalità off.

"Hai capito, Stefy? Ti ho fatto una specie di complimento. Stai bene con quegli occhi truccati da farfalla, ma non sono un po' eccessivi? Non credo che dovresti andare a scuola truccata. Me l'hanno detto anche i prof che sei cresciuta troppo in questo periodo. Che sembri più grande della tua età. Mi hanno anche detto che i tuoi voti non sono più così brillanti. Che sei intelligente, ma... un po' assente. Che c'è, Stefy? Ti sei innamorata? C'entra quell'Alessandro che è in banco con te? Non mi hai mai spiegato perché i prof ti abbiano allontanato da Giada. A proposito, Giada non si fa più vedere. Non chiama più. Ci sei? Potresti anche rispondermi, no? Guarda che se qualcosa ti inquieta, puoi sempre contare su di me. Io ci sono. Comunque, ho parlato con la mamma di Giada. Dice che anche lei è preoccupata, perché non riesce più ad avere un colloquio con sua figlia. Quando arriva a casa, Giada si chiude in camera. E sai un'altra cosa? Ha smesso di andare in campagna. Pure suo nonno è in ansia. La chiama in continuazione per chiederle di andare a nutrire i nuovi vitellini. Giada tira fuori la scusa che deve studiare. E in effetti – dice sua madre – lo dovrebbe fare davvero perché ha accumulato tante di quelle insufficienze che rischia la bocciatura. Mi hai sentito, Stefy?"

L'ho sentita per forza. La modalità off funziona solo in parte. Comunque ho lasciato senza risposta gli interrogativi di mamma. Sono un'adolescente, no? E gli adolescenti chi li capisce?

Intanto però ho capito perché Eli e Bea possono permettersi un guardaroba che nemmeno Britney Spears. Ogni tanto arrotondano la paghetta settimanale alleggerendo i portafogli di madri e padri. E fanno qualche furtarello. Sono abilissime. Io le ho imitate solo una volta. Avevo una tale paura di essere scoperta che sono stata scoperta. Ho messo una T-shirt nera con la scritta "Chi mi ama, mi seghi" nella borsa floscia. Avevo l'aria di una che dice: "Ho rubato! Per favore sgamatemi, prima che lo rifaccia".

La proprietaria della bancarella mi ha preso da parte.

"Senti, bella," mi ha detto. "So che nella borsa hai una delle mie magliette. Ridammela e la chiudiamo qua. Non voglio grane. Ma non voglio nemmeno essere presa per il culo.

Li vedi quei due vigili? Ci metto un secondo a chiamarli. Tu hai una maglia nuova, e non hai uno scontrino."

L'ho guardata senza guardarla.

"Allora? Che vuoi fare?"

Ho aperto la borsa, le ho consegnato la maglietta rubata e non ho detto nulla. Il rossore sul mio viso era già parecchio eloquente. Lei ha preso la maglia, mi ha fatto l'occhiolino e ha aggiunto: "Fila via. Non riprovarci con me".

"Che figura di merda!" ha detto Bea dopo che ci siamo allontanate di mezzo chilometro. "Ste, devi imparare la tecnica. Non dovevi dargliela vinta a quella stronza. Voleva chiamare i vigili? Bene. Avresti dovuto lasciarglielo fare. Avresti dovuto stare al gioco. Pensa, stupida. Ai vigili avresti potuto dire che ti aveva venduto una maglietta senza fare lo scontrino. A chi avrebbero creduto? A lei o a te? L'avrebbero interrogata e lei, pur di non avere grane, avrebbe detto: Ma sì, lasciamo stare. Ti rendi conto? Era lei che poteva avere dei guai. Non una minorenne dall'aria perbene, che stava solo facendo shopping al mercato."

"Non ci ho pensato. Avevo una paura folle."

"L'abbiamo visto," è intervenuta Eli. "Parevi uno dei tuoi pesci rossi. Anche la stronza comunque non era così sciolta. Era talmente presa da te che ha lasciato sguarnita la bancarella. Io ne ho approfittato per rubare due maglie. Guarda! Fanno schifo, lo so. Ma erano a portata di mano. Il guaio è che sono una M. A chi posso rifilare una M?"

Ero un disastro come ladra. Ma Eli e Bea sostenevano che prima o poi avrei imparato. Intanto mi davano suggerimenti sul look. Le sneaker? Non andavano bene per me. Ero una tappa. Dovevo mettermi gli anfibi. Ma non quelli rasoterra. Quelli con la zeppa e il tacco. Almeno avrei avuto un'altezza accettabile. E poi sarei dovuta dimagrire ancora un po'. Ero riuscita a infilarmi una 38 di jeans da quando uscivo con quelle due, ma Eli e Bea dicevano che per la mia altezza avrei dovuto perdere almeno altri cinque chili.

"Ste, devi smettere di fare colazione."

"Ma senza caffellatte non ragiono. Io ho bisogno di mangiare al mattino."

"Non dire stronzate. Al mattino non hai ancora fatto nessuno sforzo. Mica devi ingozzarti. Al limite puoi mangiare mezza banana a pranzo."

Mezza banana? E l'altra mezza chi se la becca? Nemmeno James mangia le banane. A proposito del mio coniglio: avevo dovuto portarlo dal veterinario.

Continuava a zoppicare e la zampina destra era diventata una zampona. Grossa il doppio dell'altra.

"James non sta bene!" aveva insistito mio fratello una sera. "James è malato."

Mio padre l'aveva squadrato. Mia madre pure. Io anche. James dormicchiava nella sua gabbietta (e la cosa di per sé era parecchio strana) col musetto poggiato sulla zampina sana. L'altra – quella cicciotta – se la leccava piano.

"Chi lo porta dal veterinario?" aveva chiesto mio padre.

"Io no." Mia madre era davvero insensibile.

"Lo porto io!" si era offerto Umby.

L'abbiamo guardato perplessi.

"Lo porta la Stefy domani pomeriggio," aveva tagliato corto mio padre. "Insieme a Umby."

In fila (numero 18, uff!) dal veterinario Renzo Paladin, ho trovato Alessandro.

"Che ci fai qui?"

Da quando Alessandro è diventato il mio compagno di

banco ci saremo sì e no scambiati dieci parole. Facciamo cento. Al massimo un migliaio. Ma la maggior parte erano mie.

All'inizio pensavo che gli seccasse un po' dover stare in banco con me. Che avrebbe preferito avere accanto William-puzza-di-fritto, perché quello faceva ridere (pure involontariamente) anche una mummia. E comunque non era invadente. Se William aveva bisogno di una penna – e ne aveva sempre bisogno, perché come dicevano i prof "non portava mai il materiale didattico" – mica la chiedeva al compagno di banco. La domandava ad alta voce a quello che stava dalla parte opposta dell'aula, così aveva la scusa per alzarsi da quella seggiola sulla quale, vista la stazza, stava in equilibrio precario.

Io comunque all'inizio non ho rotto troppo le scatole ad Ale. Poi ho dovuto farlo per forza.

Come si fa a stare cinque ore con un compagno senza parlare? I prof dicono che è possibile. I prof non capiscono che è una cosa contro natura. Dico: ti viene da parlare (del tempo, in genere) col vicino che prende l'ascensore con te. Senti il bisogno di rivolgergli la parola anche se sai che passerai con lui appena dieci secondi. Figuriamoci se non ti viene l'istinto di rivolgere la parola al tuo compagno di banco.

"Che fai oggi?"

"Niente. Il solito."

"Che fai di solito?"

"I compiti. O gioco alla PlayStation."

"Che fantasia."

"E tu che fai?"

"Magari guardo un film."

"Quale?"

"Non so. Devo vedere i nuovi arrivi su Sky cinema."

"Ho appena visto *Professore per amore*. È una commedia banale, ma è simpatica."

"Non la conosco. Magari la cerco. Spero che mio fratello

non sia nei paraggi. Se è nei dintorni vuole vedere Cinema family. O Animazione. Io detesto i cartoni, ma lui l'ha sempre vinta."

"Il tuo coniglio come sta?"

"Bene! Zoppica un po'. Ti ricordi che ho un coniglio?"

A questo punto della conversazione, il prof di turno in genere ci sgamava.

"De Biasi e Celiberti, volete venire voi alla lavagna a trovare l'area del cerchio?"

Ale: "Sì, va bene".

"Perché noi? Mezza classe è distratta e lei chiama noi. E poi perché dovremmo trovare l'area del cerchio? Si è persa?"

Risatina collettiva dei compagni. Espressione imbufalita della prof.

"De Biasi, perché provochi?"

"Prof, stavo sdrammatizzando. Volevo portare un po' di umorismo tra le parallele e le parabole della geometria. È una materia piuttosto arida, non trova? Ah, già, lei la insegna, quindi la trova fertile..."

"Ecco, appunto."

"Oppure è arida anche lei, prof."

"De Biasi, ti rendi conto di quello che hai detto? Da quando l'impertinenza è diventata una delle tue caratteristiche? Forse dovrei organizzare un colloquio con i tuoi genitori prima del ricevimento generale."

"Ma prof, io scherzavo."

"Io no."

Mai una volta che Alessandro abbia preso le mie difese. È fatto così. Chiuso come una cozza. Certo che se le cozze avessero il suo aspetto, sarebbero il mio piatto preferito.

Comunque l'ho trovato in fila dal veterinario.

"Aspetto il mio turno," ha dichiarato (non ci sarei arrivata da sola).

"Che hai nella gabbia?"

"Una coniglietta."

"Davvero? Come si chiama? Me la fai vedere?"

"Jane. La puoi vedere attraverso le fessure."

"Perché non mi hai detto che avevi anche tu un coniglio?"

"È una coniglia. Una femmina."

"Vabbè, dai. Di che colore è?"

"Guarda tu stessa."

Ho avvicinato gli occhi-codalunga alla gabbia e ho intravisto una coniglietta bianca e grigia. Della specie testa di leone! Assomigliava a James.

"È bellissima! Se James la vedesse se ne innamorerebbe subito."

"Magari lei non ricambierebbe."

"Come fai a dirlo?"

"Le femmine non sanno riconoscere l'amore."

"Ti rendi conto di quello che hai detto?"

"Ha ragione!" ha strillato mio fratello che ha la pessima abitudine di intervenire senza essere chiamato in causa. "Io all'asilo volevo tanto bene ad Alexa. Ma lei mi ha detto che voleva bene a Giorgio."

"Umby, stai zitto."

"Umby ha ragione. L'amore è un nome maschile."

"Che stronzata!"

"Prova a chiederlo alla Bellotti!"

"Cosa c'entra? È un nome maschile in grammatica, ma nella vita reale non ha genere."

Il veterinario si è affacciato nella sala d'attesa nel momento meno appropriato.

"A chi tocca?"

“A me,” ha risposto Ale, che aveva il numero 17.

L’ho seguito con lo sguardo mentre spariva dietro la porta dello studio. Lui e la sua Jane. Non era incredibile? Aveva una coniglietta e non mi aveva mai detto niente! Non sapevo se essere arrabbiata o… felice! Anche Ale si era scelto un coniglio come animale da compagnia. Chissà quante cose avremmo potuto raccontarci. Quanti suggerimenti passarci su WhatsApp. Perché non mi aveva raccontato nulla? Perché era un pollo. Ecco perché. Uno stupido maschio!

Ho rimosso l’episodio non quando Ale è uscito dall’ambulatorio pronunciando uno strascicatissimo Ciao, ci si vede (chiaro che ci si vede: domani c’è scuola), ma quando Renzo, il veterinario, guardando la zampina di James con la lente d’ingrandimento ha detto: “Oh! Una brutta faccenda”.

Io e Umby ci siamo guardati: il coniglio è spacciato, abbiamo pensato.

“James ha una scheggia di vetro nella zampetta,” ha precisato il veterinario. “Ha fatto infezione. Perché non me lo avete portato prima? Comunque non è nulla di grave. Dovrò fargli un po’ di anestesia, inciderlo e rimuovere la scheggia. Tra un paio d’ore salterà di nuovo.”

Era tipico del veterinario Renzo: far prendere una paura micidiale ai suoi clienti, e poi sfarfallare la soluzione.

A casa, ho dovuto riferire diagnosi, cura eccetera.

“Una scheggia di vetro?” ha chiesto mio padre. “E dove l’avrà presa?”

“L’altro giorno ho rotto un bicchiere,” ha chiarito mia madre. “Forse ha zampettato in cucina prima che raccogliessi i cocci.”

“A proposito di bicchieri,” è intervenuto mio padre. “Dobbiamo festeggiare la guarigione di James. Sono settimane che non faccio un brindisi. Ora apro l'Amarone del 2015 e lo faccio decantare un po'."

Ci mancava l'Amarone. Che razza di vino poteva pensare di avere un successo enologico con quel nome? Amarone! Un'etichetta così avrebbe dovuto rendere astemi i più ostinati bevitori.

"Qualcuno ha visto il mio decanter?"

Ho tagliato la corda. Avevo un improrogabile appuntamento con Pericle, a cui avevo già dato buca una volta (leggi: cinque e mezzo in storia) e che non intendevo disertare.

Non so cosa sia successo nel frattempo. Alla sera i miei non si parlavano. Ho poi scoperto (per avere sei anni, Umby è una fonte accurata di notizie) che il decanter era stato il motivo del litigio. Mio padre aveva accusato mia madre di averlo prestato alla sua amica Marisa, per una di quelle cene raffinate in cui si mangiava peggio che da McDonald's. E che Marisa, distratta com'era, lo avrebbe buttato nella campana del vetro da riciclare. Mia madre aveva risposto che quel prezioso decanter non lo avrebbe toccato nemmeno se fosse stato la lampada di Aladino col potere di farle sparire le rughe dal collo.

"Tu non hai rughe sul collo!" aveva osservato mio padre.

"Non ho nemmeno il tuo stupido decanter."

Ecco, quello era forse l'ultimo tassello sconclusionato che ricordava la serata sconclusionata passata in compagnia di Eli, Bea e di quei quattro. Come si chiamavano?

Nervoso contagioso

Anche se mancano poco più di due mesi alla fine dell'anno scolastico, Eli e Bea sembrano essere le uniche a non sentirne la pressione.

Tutti gli altri sono nervosi. William sta mangiando più del solito. L'altro giorno si è portato a scuola cinque uova sode: ha insistito per offrirne qualcuna. Tutti l'hanno guardato schifati. William se le è mangiate tutte e cinque. Roba da infarto.

Federico tantoperbenino ha risposto "Non rompermi le palle" a Lisa-fossette. Lisa-fossette gli ha sputato addosso.

Karen si è tagliata i capelli, con la forbicina-punte-arrotondate, durante l'ora di storia dell'arte. La prof Cattelan voleva mandarla al Cic, lo sportello d'ascolto. Karen si è messa a frignare: penso che non abbia capito bene come funziona il Cic. Ti si offre l'occasione per saltare una lezione, e se la lezione è pallosa, l'occasione è una soluzione. Il fatto è che quando un maschio va al Cic, tutti gli altri pensano che abbia problemi gravi: una madre alcolizzata, un padre che alza le mani, un amore finito tragicamente. Quando è una femmina ad andare al Cic, tutti sotto sotto sospettano che sia incinta.

Davide si è addormentato durante l'interrogazione di inglese. Giuro. Mentre il prof aspettava la risposta alla domanda *Where do you come from?*, lui ha chiuso gli occhi ed è andato in catalessi. Poi ha chiarito che l'inglese lo fa assopire, che Shakespeare era probabilmente il nome di un ansiolitico. Pure lui è stato invitato ad andare al Cic.

Ale una volta mi ha dato una gomitata bestiale. Stavo rispondendo a un messaggio su WhatsApp (il telefono nascosto sotto il banco) e me l'ha fatto volare via.

"Che è successo?" ha chiesto la prof Bellotti che stava declamando Ungaretti.

"Una cosa ermetica," le ho risposto.

La prof Bellotti ha sorriso: ha una grande fiducia in me. Mal riposta.

Mi chiedo com'è che nessuno dei prof si sia accorto di quello che sta accadendo a Giada. O forse se ne sono accorti, ma non sono in grado di intervenire. Eppure è evidente che in classe nessuno le parla. Neppure Federico tantoperbenino, terrorizzato al pensiero che Eli o Bea lo sgamino.

Guardo Giada con la coda dell'occhio. L'occhio che non è concentrato su Ale. E mi sento sempre un verme. La vedo col faccino triste. Anche se non lo mostra troppo. Si è fatta crescere la frangia, mentre io mi rasavo la nuca, e nasconde il viso dietro i capelli come dietro un siparietto.

Si è pure messa gli occhiali da vista. Ed Eli e Bea non gliel'hanno fatta passare liscia.

"Giada-vitella," ha scritto Eli sulla pagina Facebook di Giada. "Hai messo gli occhiali per vedere cosa succede intorno? Tranquilla: non succede niente. Niente che ti riguardi."

"Giadaquattrocchia," ha postato Bea, "ora che hai gli occhiali puzzi a prima vista."

Commenti idioti. Che hanno avuto decine di like.

Io sono stata tentata di scrivere qualcosa di meno cretino. Tipo: Giada, stai bene con gli occhiali nuovi. Poi ho pensato che era la frase più cretina che potessi postare. L'ho cancellata. Non ho messo né like, né faccine. Non ho scritto niente.

Comunque non ho ancora capito. Non ho capito perché Eli e Bea abbiano proibito a tutti di parlare con Giada, ma hanno lasciato al mondo il permesso di prendersi gioco di lei su Facebook.

Non è una contraddizione? A una compagna, o dai retta o no. Non è che su Facebook le cose cambiano, no?

Ho tentato di spiegarlo a Eli.

"Ste, tu sei malata," mi ha risposto. "Un conto è non parlare con una persona, un altro è scriverle."

Mi è sfuggito il passaggio tra malattia e comunicazione orale e/o scritta. Ma so che il pezzo forte di Bea non sono i passaggi logici. Sono le passerelle. In questi mesi è diventata ancora più bella. Non c'è ragazzo a scuola che non la guardi, non la tagghi in qualche assurda foto, non metta il cuoricino su quello che Bea posta. Posta frasi del tipo: Oggi mi sento "in", con allegata foto di panda sorridente.

Giada mi fa sentire in colpa.

Nella mia terza vita mi chiedo perché sono stata così codarda da tagliarla fuori.

Nella mia seconda vita mi ripeto che la colpa non è mia, è di Giada. Che non doveva farsi mettere sotto i piedi, che avrebbe dovuto reagire, che non spettava a me prendere le sue difese, ma avrebbe dovuto tirarsi fuori da sola da quella situazione di merda. Nella mia prima vita ignoro le domande di mia madre su questa ex quasi mia migliore amica e persino le richieste-cucciole di mio fratello: "Quando mi accompagni dal vitellino di Giada che si chiama come me?".

Le domande, i dubbi sono come le mosche che ti saltano al naso. Ti danno fastidio, ma basta sfarfalleggiare un po' con la mano per allontanarle. E scordarsene.

Eppure, l'abbia fatto apposta o no, Giada si è inguaiata ancora di più.

È accaduto due giorni fa. La mattinata di lezioni era il copia-incolla di quelle di sempre: due ore di matematica, una di inglese, due di italiano. Tra la terza e la quarta ora – al solito – è suonata la campanella dell'intervallo.

L'insulso regolamento d'istituto pretende che noi allievi, durante quei quindici minuti, andiamo fuori dall'aula. Possiamo stare in corridoio, uscire in cortile, ma non possiamo restare al nostro banco. Altrimenti l'insegnante che fa sorveglianza si piantona di fronte a noi, minaccia di mandarci dalla preside e, insomma, rompe finché non usciamo.

Giada, due giorni fa, ha deciso di non scollarsi dalla sedia. Pareva una statua. D'argilla. Il prof di religione l'ha pregata di alzarsi, il prof di tedesco gliel'ha intimato, il prof di scienze avrebbe lasciato correre, ma Eli e Bea si sono messe a dire: "Che fa, prof? Preferenze? Se lascia che la Surace stia in classe nell'intervallo, deve lasciarlo fare anche a noi. Che decide? La fa alzare o no?".

Il prof di scienze ha sbuffato (Ma guarda se devo rispondere a due piscia-a-letto, deve aver pensato). Ha realizzato che comunque avevano ragione. Che se non avesse fatto rispettare il regolamento sarebbe successo un bordello.

"Giada, esci subito," ha detto.

Giada stava ferma. Imbarazzata come non l'avevo mai vista.

Io e i miei compagni facevamo ressa dentro la cornice della porta per vedere cosa sarebbe accaduto.

"Giada… mi senti? Devi uscire dall'aula. È il regolamento. Non incaponirti."

Giada era immobile.

Mi faceva pena e rabbia nello stesso tempo. Perché non si alzava? Sapeva che il prof di scienze non si sarebbe schiodato da lì finché non avesse avuto la meglio. Chi glielo faceva fare di stare col culo incollato alla sedia? Cosa aveva in testa? Vuoi vedere che il nonno aveva mandato al macello il vitello Pino e lei era in lutto? No. Non poteva essere così strulla. Lei si affezionava agli animali, ma sapeva che prima o poi sarebbero diventati filetto, bistecche, costicine. Non aveva neppure mai preso troppo in considerazione l'ipotesi di diventare vegetariana. Amava le bestie, ma non avrebbe rinunciato agli spaghetti al ragù.

"Giada, o ti alzi, o chiamo la dirigente."

Non c'era nulla da fare. Fuori dall'aula della Prima D si era formato un serpentone di curiosi.

"Che succede?" chiedeva la bidella Beppa, che pensava di dover essere informata su tutto quello che accadeva.

"C'è un'allieva incollata alla sedia."

"Chi è stato a farle questo scherzo stupido?"

"Ma no, Beppa. Che hai capito? È incollata perché non si vuole muovere."

"Avrà le sue ragioni."

La bidella Beppa aveva l'intuito di una volpe.

A intervallo finito siamo stati costretti a entrare in classe. "Sciogliete le righe!" ha detto il prof di scienze, che probabilmente rimpiangeva il fatto di non essere rimasto nell'esercito e non essere diventato sergente.

Il rifiuto di Giada era incomprensibile.

Per farla alzare c'è voluta l'apparizione della dirigente scolastica, che in genere "riceve solo su appuntamento" e che può essere chiamata solo per "urgenze irrisolvibili altrimenti".

"Signorina," ha tuonato la preside, "se non si alza sarò costretta a chiamare i suoi genitori."

Mai capito perché il preside (o la preside) diano del lei,

pure quando si trovano a quattr'occhi con gli studenti. Per mantenere una distanza formale?

Nel non-gesto di Giada di formale non c'era nulla. Di fronte alla preside (l'autorità ha il suo peso) Giada si è alzata. Indossava un paio di fuseaux color carne (un capo d'abbigliamento che Eli e Bea avrebbero considerato illegale) e una maglietta con Snoopy stampigliato sulla pancia che diceva: "Era una notte buia e tempestosa".

Di sicuro la tempesta aveva attraversato Giada. La sedia dove si era incollata era macchiata di sangue.

"Vieni cara, vieni con me," ha detto la bidella Beppa, appena se n'è accorta.

La preside era imbarazzata.

"Tutti ai vostri posti!" ha tossito. "Ora mando qualcuno a pulire."

Giada era proprio sfigata! Le dovevano venire le prime mestruazioni proprio in classe? Sapeva tutto delle mestruazioni perché mia mamma una volta ci aveva tenuto una lezione sul "diventare donne".

"Quando il vostro corpo sarà pronto," aveva spiegato (più o meno), "vi accadrà una cosa bellissima. Ogni ventotto giorni (lo stesso intervallo del rinnovo lunare), vi succederà di perdere del sangue. È normale. Il sangue proviene dallo sfaldamento dello strato superficiale dell'endometrio che si trova nell'utero. L'utero è l'organo predisposto ad accogliere un ovulo fecondato. Quello che potrebbe diventare un bambino. Quando avrete le mestruazioni, una volta al mese, perché la parola deriva dal latino *menstruatio*, che vuol dire mensilità, sarete delle donne fertili. Sarete pronte – almeno sul piano fisico – a diventare mamme. Sarete donne."

Io le prime mestruazioni le avevo avute a casa, l'anno prima. Avevo chiamato mia madre in bagno e gliel'avevo annunciato.

"Ma è bellissimo!" aveva esclamato.

Lasciando perdere il fatto che associare l'aggettivo bellissimo a un fiotto di sangue richiede la fantasia di Voldemort, mia madre mi aveva contagiato con il suo entusiasmo. Ora sono grande, avevo pensato, sono una donna.

A Giada l'evento era capitato nel posto sbagliato. In mezzo alla confusione che si era creata, Bea aveva preso il cellulare, aveva scattato una foto della sedia insanguinata (oddio: detto così pare il titolo di un libro di Stephen King) e l'aveva postata su Facebook.

"Giada la vitella ha mestruato l'aula," aveva scritto come didascalia.

In tempo record, il post era stato visto da *nonsoquanti* "amici". William ci aveva messo un like, altri novantanove una faccina schifata.

Quando me ne sono accorta, ho preso Bea in disparte. Perché quando ci vuole, ci vuole.

"Ma che hai fatto? Giada ora diventerà lo zimbello della scuola. Non potevi evitare?"

"Scherzi? Se lo merita. Come si fa ad avere le mestruazioni in classe e a non accorgersene? Bisogna essere cerebrolese. E poi, se avesse indossato un paio di fuseaux scuri, nessuno si sarebbe accorto di quella macchia da vaccherella che aveva nel culo. È proprio sfigata!"

La faccenda – ovvio – non è finita lì. Giada ha saputo della foto. Qualcuno ha avuto il cattivo gusto di taggarla. E lei ha fatto quello che doveva fare. L'ha detto a sua madre.

Sua madre è andata dalla preside a denunciare questo e gli altri soprusi di cui sua figlia era vittima. Ha riferito il colloquio a mia mamma Dany. Che poi l'ha riciclato a me.

La preside, di fronte alle rimostranze della mamma di Giada, ha detto che la faccenda era molto grave. Che avrebbe indagato. Anche perché non era plausibile che dei quattordicenni avessero già Facebook. "Un regolamento dell'Unione europea," ha chiarito la preside, "impone che chi ha meno di sedici anni debba avere il consenso dei genitori per aprire un account social." Dunque: chi aveva autorizzato i ragazzi ad aprirsi un profilo Facebook? La colpa era di genitori poco attenti?

La mamma di Giada è esplosa. Ha detto alla preside che non aveva nessuna intenzione di sentirsi in colpa per quanto era accaduto a sua figlia, che la responsabilità della scia di insulti e di derisioni di cui era vittima Giada non era certo sua, e che – a questo punto – si sarebbe rivolta ai carabinieri, per denunciare la scuola e il suo inefficace controllo, "perché," ha sottolineato, "il fatto è avvenuto proprio a scuola".

La dirigente ha scartabellato i decreti ministeriali. Come il dottor Azzeccagarbugli ha individuato i passi relativi alla "corresponsabilità educativa dei minori" e ha fatto cenno alle iniziative antibullismo che la scuola aveva avviato per segnalare casi di violazione della *netiquette*, il galateo in internet. Era stata esaustiva, a suo modo, ha detto la mamma di Giada alla mia. Eppure non era stata abbastanza convincente da dissipare le preoccupazioni.

E io? Avrei dovuto stare a guardare? Starmene zitta? Non l'ho fatto.

Ho raccontato a Bea e Eli che ci sarebbero state grane, e bla bla bla.

Bea, per la prima volta, ha inaugurato un'espressione preoccupata. Stizzita, meglio.

"Lo sapevo che avrei dovuto usare Snapchat e non Facebook. A quest'ora la foto si sarebbe dissolta. Ma posso sempre rimediare."

Ha armeggiato un po' con lo smartphone. Ha cancellato la foto della sedia insanguinata e la trafila di commenti, interminabile quanto le sue ciglia allungate col mascara.

"Ecco. Io non ho mai postato nessuna foto. Non ce n'è alcuna traccia."

Era finita lì?

Nei giorni seguenti, la preside ha convocato nel suo ufficio Eli, Bea, me, Karen, Lisa, Giulia e Giuditta. Io me la stava facendo sotto. Anche se non c'entravo per nulla. Non avevo postato nessun commento.

Che responsabilità avevo?

La preside ci ha fatto una specie di shampoo moraleggiante. Ha insistito sul concetto di privacy. Ha parlato del Safer Internet Day. Si è sbrodolata in dettagli legali. Eli e Bea la guardavano come se la faccenda non le toccasse di striscio. A me sudavano le mani. Anche alle altre, posso scommetterci: erano tirate come la rete di pallavolo.

Sottoposta a richieste dirette, Bea ha negato tutto.

"Una foto? Preside, controlli pure il mio profilo Fb: non troverà la foto di nessuna sedia."

La conversazione virava verso il surreale. La dirigente accusava qualcuno di non bene identificato di aver fatto una cosa non bene identificata che non si sarebbe dovuta fare. Eli-faccia-carina-autoabbronzata alla fine è sbottata. Con un'arringa che nemmeno Perry Mason.

"Preside, io non so di cosa ci stia accusando. Credo comunque che la questione sia delicata. Penso che non dovrebbe parlarne con noi. Dovrebbe convocare i genitori, e fare in modo che il confronto avvenga tra adulti. Se qualcuno ha avuto il cattivo gusto di postare su Facebook una sedia insanguinata, credo dovrebbe essere segnalato. Anche sul social network. Anche sui siti anticyberbullismo di cui ci ha parlato. Certe immagini sono improprie."

La preside non era una cretina. Sapeva benissimo che quella ragazzina che pareva in lizza per Miss Liceo Gambe lunghe la stava incartando. Avrebbe potuto sottoporla a un confronto incrociato. A una catapulta di domande mirate. Ma evidentemente aveva un sacco di altri problemi a cui pensare. In più dava l'impressione di non sapere bene come funzionasse Facebook. Di non avere idea di che cosa succedesse in quelle pagine virtuali che sfuggivano al suo controllo, dato che le aveva viste solo di passaggio e l'avevano pure annoiata.

Gli step successivi sono stati un gioco di equilibrismo diplomatico.

In base al racconto di mamma Dany, la madre di Giada è stata riconvocata dalla preside, le due si sono chiarite, la foto facebookizzata "sedia insanguinata" forse era stata una bufala. Giada sarebbe stata seguita dai prof con un "occhio di riguardo", in vista anche degli scrutini finali "a cui ormai manca poco se si tiene conto di quella marea di festività e ponti previsti dal calendario scolastico".

Non so come, la preside deve aver fatto intendere alla mamma di Giada che se la situazione fosse rientrata, se quel brutto episodio fosse rimasto circoscritto alla classe, Giada – che aveva "diverse lacune irreparabili" – sarebbe stata aiutata, purché dimostrasse "la volontà di recuperare, ovvio".

Mia madre, raccontandomi l'accaduto, aveva un'espressione dubbiosa.

Ho intuito che quello che è accaduto è stato "scomodo" un po' per tutti. Per Giada, invece – pensavo – è stato imbarazzante. Ma forse sarebbe più opportuno usare l'aggettivo "drammatico".

Capitan Uncino

Ora comunque ho altro a cui pensare. Eli e Bea mi hanno promesso che sabato sera andremo al Capitan Uncino, un locale top. Molto alternativo. Hanno accennato a una sorpresa. Sulla loro pagina Facebook hanno scritto e non scritto.

I post sono del tipo:

"Sabato in tiro". 50 like.

"La febbre sballata del sabato sera." 80 like.

Muoio dalla curiosità di sapere che cos'hanno in testa quelle due. Ma non devo aspettare tanto. Tra un paio d'ore mi vengono a prendere. Col padre di Eli. Lui deve rassicurare i miei che passeremo una serata in famiglia. Che possono stare tranquilli. Che dormirò da Eli e tornerò a casa domani.

I miei sono inquieti da ore.

"Come mai non abbiamo mai conosciuto prima il padre di Elisabetta? Come facciamo a fidarci di lui?" Se invece delle forcine in testa, mia madre avesse la pipa in bocca, sarebbe uguale spiccicata a Maigret. "Ho sentito dire che una volta è stato arrestato per possesso di stupefacenti. Non mi piace."

"Mamma, aveva una canna! Sì, qualche volta fuma marijuana. Dobbiamo considerarlo un delinquente? Dobbiamo sbatterlo in galera? Perché non denunciamo anche Eli, già che ci siamo? Magari ha nel Dna qualche cromosoma cannabizzato."

"Stefy, non dire stupidaggini. Non siamo così rigidi. Ci preoccupiamo per te. Ecco tutto. È normale, no?"

Il colmo. Mia madre chiede a me (quattordici anni, ventisette meno di lei) se è normale. Non riesce a definire da sola il concetto di "normalità"?

"E poi," insiste, "la madre di Eli ci convive, e lui è un musicista."

"Primo: non è un musicista. È un dj. C'è una bella differenza tra il creare una canzone e smanettare su un mixer, no? Secondo: convivere con un musicista è una macchia sul suo curriculum di madre?"

"È solo che... arrivano queste voci..."

"Dallo spazio. Ma tu non eri quella che odiava le chiacchiere?"

"Sì, però quando si tratta di mia figlia..."

"Ti comporti allo stesso modo delle persone che detesti."

"Sei arrogante, Stefy."

"E tu banale."

"Banale? Cerco di capire..."

"Non ci riesci. Chiudiamola qui."

"Decido io quando chiudere. Punto!"

"Il massimo della democrazia."

"Non ripetere frasi di cui non conosci il significato. Parlare con te è diventato impossibile."

"E allora non farlo."

Non mi capita spesso di avere l'ultima parola con mia madre. Del resto, le parole tra noi sono misurate, ormai.

L'ho messa alle strette. Non può che darmi il permesso di uscire.

Il papà di Eli arriva con un'ora di ritardo. Ero pronta alle otto. Si presenta alle nove. L'ora in cui i miei si lavano i denti per andare a nanna.

È un mito. Giubbetto di pelle nera, jeans che lasciano scorgere una coscia spelacchiata. Pacchetto di Marlboro in vista nel taschino anteriore.

Suona il campanello. Entra in casa e parla un po' con mia madre. Mi do un'ultima controllata all'eyeliner: ho allungato la linea fino alle tempie, l'ho fatta terminare con un quadrifoglio dalla parte destra e ho stilizzato una farfallina intorno all'occhio sinistro. Sono un'artista. Magari dovrei fare la truccatrice. Potrei lasciare il liceo e l'anno prossimo frequentare un corso di estetista invece di stare altri quattro anni all'artistico. A dire il vero, mi sono già iscritta in seconda. Ma finché il nuovo anno non inizia, posso decidere di cambiare scuola. Potrei optare per l'alberghiero: lì si studia pochissimo, e si passano ore in laboratorio a cucinare... Uhm, a pensarci bene non ho mai avuto questa gran passione per i fornelli. E poi, stando in cucina, mi verrebbe appetito. E io sono sempre-e-perennemente a dieta. Faccio solo qualche eccezione. Tipo l'altro giorno, quando ho mangiato metà della brioche alla crema che mi ha offerto Ale. Ha fatto un gesto carino: dovevo approfittarne. Un gesto carino ogni diecimila non-gesti richiede attenzione. Comunque devo smetterla di pensare ad Ale. Brioche a parte (secondo me, me l'ha offerta solo per provocarmi!), non mi vede proprio. Non riusciamo ad avere una conversazione più lunga di cinque minuti, anche quando il soggetto è interessantissimo, come i nostri conigli.

"Come sta Jane?"

"Bene. E James?"

"Bene. È guarito. Ora saltella, zampetta e scagazza come al solito. La tua Jane non ti riempie la casa di caccoline, quando la lasci libera?"

"No. Le ho insegnato a fare i suoi bisognini nella lettiera. Come i gatti."

"Mitico! Ma come hai fatto? Io ho provato con James ma non c'è soluzione. Più lo sgrido, più scaccola."

"Forse avresti dovuto usare un'altra strategia."

"E quale?"

"Senti, ora stiamo zitti. Non mi va di prendere una nota."

"Ma non ne hai mai presa una! Non vuoi provare il brivido?"

"No, grazie. Quello lo lascio a te."

"Stronzo."

A volte penso di aver scelto la scuola sbagliata. Mi sono iscritta all'artistico perché fin da piccola mi è sempre piaciuto pasticciare coi colori. Alle elementari estraevo la cartuccia di colore dal cilindro dei pennarelli e utilizzavo quella, anziché la mina appuntita, per quelle che mamma Dany (esagerata!) chiamava "opere degne della Modern Tate Gallery". Ovvio che i pennarelli mi duravano tipo due giorni anziché un mese, ma vuoi mettere? Facevo dei capolavori. Per lo meno io li ritenevo tali. E mamma Dany era capace di appendere al muro i miei disegni anche quando, in calce, portavano un giudizio poco lusinghiero tipo "Discreto. Avresti potuto impegnarti di più". Alle medie la prof di arte era piuttosto cauta nel manifestare il suo entusiasmo.

E alla fine della terza media, mi aveva sconsigliato di fare il liceo artistico. "Potresti fare il classico," mi aveva detto. "Te la cavi bene in italiano e poi studiare ti piace."

Studiare mi piace? Quell'affermazione, buttata lì dalla prof, mi aveva messo in crisi. Non è che studiare mi piacesse: è che avevo il senso del dovere. O meglio: gli occhi di mamma Dany costantemente puntati sul diario dove (che scema!) riportavo tutti i compiti da fare.

Alla fine, con tanti dubbi in testa, non l'ho data vinta alla prof di arte e mi sono iscritta all'artistico. Non mi piaceva studiare, mi piaceva disegnare!

E Giada, che era incerta se iscriversi al linguistico o allo scientifico (fin da piccola aveva detto di voler fare il veterinario), mi ha seguito a ruota. Liceo artistico anche lei.

Ora non so se questa sia davvero la scuola che fa per noi. In discipline artistiche io arrivo al sette, Giada ultimamente al tre. Non consegna mai i disegni. E non fa nemmeno i compiti delle altre materie.

Un po' come Eli e Bea, a cui i prof hanno detto che dovrebbero "riorientarsi", pensare cioè a una scuola meno impegnativa.

"In italiano ve la cavate," ha detto la prof Bellotti consegnando i temi, "ma in storia non avete nemmeno una sufficienza."

"Ma prof! È da due mesi che siamo fermi sull'Acropoli di Atene. Ormai siamo dei resti archeologici anche noi!" ha sbuffato Eli.

"Perché non studiamo il fascismo?" è intervenuta Bea.

"Il fascismo è nel programma di quinta. E comunque prima di affrontare un regime che ha annientato la democrazia, bisogna studiare la democrazia, che guarda caso è un concetto che nasce ad Atene. Non sull'Acropoli, ma nell'...?"

La prof aspettava la risposta.

"Nell'agorà," è intervenuta Karen.

"Oh, sì," ha precisato saputella Eli. "Dove gli ateniesi facevano quella cosa, come si chiama?... Lo straccismo."

"Non 'lo straccismo', ma l'ostracismo," ha corretto la prof. "Strano, dovresti conoscere bene questa parola e il suo significato."

Eli ha sorriso. Era chiaro che sapeva. Sapeva cos'è l'ostracismo, cioè l'allontanamento dalla polis di una persona "indesiderata", e sapeva che la prof subodorava quello che stava succedendo in classe. O era già successo. L'aula-polis Prima D aveva mandato in esilio qualcuno.

Ma questi erano pensieri destinati a restare nei recessi della mente. Pensieri che nessuno osava stanare.

Comunque Eli e Bea, durante l'assemblea di classe, hanno detto di essere stanche della scuola. Hanno detto che forse si sarebbero iscritte entrambe a un corso triennale per parrucchiere.

"Ve lo immaginate?" ha ciarlato Eli. "Mentre voi sfigati sarete qui a sorbirvi la Bellotti e compagnia brutta, io e Bea, a diciassette anni, avremo già un attestato, una specie di diploma, una qualifica insomma. Potremo trovarci un lavoro ed essere indipendenti. Togliere le tende da casa. Andare ad abitare insieme. Per conto nostro. Senza rotture."

Non mi spiacerebbe unirmi a loro, avevo pensato, immaginando l'espressione stranita dei miei. Se gli avessi fatto una proposta simile, come minimo mi avrebbero portata dallo psicologo.

Il papà di Eli dev'essere simpatico, perché mia madre ride. Una risata un po' forzata, a dirla tutta.

"Signora De Biasi, volevo parlarle della caldaia."

La voce fuori campo è (letteralmente) quella di una comparsa sulla "scena del delitto". Sul pianerottolo – dietro il papà di Eli che si è finalmente deciso a riaprire la porta e a sottrarsi all'interrogatorio di mamma-Maigret – si profila la sagoma della signora Maria (vedi alla voce: primo piano, redazione della "Gazzetta del palazzo").

Mi prende il terrore. Non so come, perché eccetera – non l'ho più rivista da quel giorno della lavanderia a gettoni –, ma temo sia portatrice di qualche flashback fuori luogo. Vuoi vedere che ora tira in ballo il nostro incontro? Che chiede ai miei se abbiano l'abitudine di usare la lavanderia a gettoni? Peggio: di mandare la figlia a fare il bucato di domenica? Non posso permettermi di sudare! Il mio trucco potrebbe non essere waterproof!

"È un argomento interessante, la caldaia," risponde provvidenziale mamma Dany, "ma credo che dovremmo riparlarne, signora Maria. Ora ho gente a cena. Rischio di bruciare i broccoli."

I broccoli? Quando mai mia madre si preoccupa della cottura dei broccoli? E soprattutto: non aveva detto che si sarebbe guardata l'ultimo film di Tarantino? Ho il fondatissimo sospetto che la manovra sia un diversivo: infatti mamma Dany spinge il culone (gonna gialla, con papaveri) della signora Maria oltre la soglia.

"Ne parliamo un'altra volta. D'accordo?"

"Sì, sì," monosillaba la signora Maria, non prima di aver guardato con un'occhiata lanciafiamme il papà di Eli.

Mi è andata bene. Salgo in auto. Finalmente.

Eli è seduta davanti. E ha il broncio.

"Ciao Eli. Che c'è?"

"Non rompere, Ste. Mio padre si è messo in testa di venire anche lui in discoteca."

"Andiamo in una discoteca? Mi avevi detto un locale top, e io pensavo – che so – un ristorante, una birreria. Non ci faranno mai entrare in una discoteca!"

"È per questo che vuole venire anche mio padre. Così mi controllerà per tutta la sera. Non lo sopporto. Non lo vedo mai e devo passare con lui il sabato sera?"

Il papà di Eli, Arturo (ma si fa chiamare Artù), in effetti ci accompagna in discoteca. Ed entra con noi. Dev'essere conosciuto, perché dice al buttafuori: "Le ragazze sono con me".

Il buttafuori non fa una piega. Forse un mezzo sorriso, ma

non si capisce bene. Le luci psichedeliche e la musica sparata a non so quanti decibel ti farebbero dubitare del tuo sesso, della tua età, della tua identità.

L'atmosfera però è elettrizzante. Ci sediamo su un divanetto rosso, anzi nero, anzi probabilmente rosso.

"Io prendo un whiskycola," dice Bea.

"Anch'io."

"Tu prendi una cola e basta," interviene Artù.

Eli lo incenerisce. Si rivolge a me.

"Ste, prendilo tu il whiskycola, visto che non hai un mastino a controllarti."

Eli mi fa l'occhiolino. Capisco al volo: io sarò costretta a bermi la sua cocacola e lei si scolerà la mia ordinazione appena suo padre si distrae. Poco male. Ho messo al bando i superalcolici. O almeno questa è l'intenzione.

"Balliamo?"

Bea non aspetta la risposta. Si alza e si perde nella pista. È bellissima: stasera si è stirata i lunghi capelli biondi e sembra una dea con quel taglio asimmetrico che lascia intravedere la nuca rasata e un lungo orecchino con le piume "acchiapposogni" che pendono sulla spalla scoperta. Coi tacchi alti riesce pure a ballare e quella mini lucida le fascia il ventre piatto e il sedere strasodo. Va a ballare anche Eli. Mi alzo anch'io dal divanetto. Le seguo. Mica posso stare a far compagnia ad Artù, no? Sarà ganzo, ma ha superato la soglia anagrafica. E poi chiacchierare qui è impossibile. La musica sovrasta i pensieri.

Ma non dovevamo vederci più?

Non mi sento a mio agio al centro della pista. Mi muovo come un burattino. È come se qualcuno mi avesse legato dei fili invisibili ai polsi, alle spalle, alle caviglie.

"Ste," urla Bea, "sembri un automa. Sciogliti!"

"È una parola. Come faccio? È la prima volta che entro in una discoteca."

"Vieni con me, imbranata."

Bea mi prende per mano. Ancheggia fino al bar.

"Due vodka. Lisce," ordina al barman che sta facendo dei numeri incredibili con lo shaker.

"Guarda," mi sgomita Bea. "È un mago del freestyle!"

"Cioè?"

"Fa il giocoliere con bicchieri e bottiglie."

È vero. Il barman (carino!) fa piroettare in aria una, due, tre bottiglie, le riprende al volo e versa una quantità misurata di liquido in uno shaker trasparente. Lo agita come se gli facesse ballare la samba, poi versa l'intruglio in grandi bicchieri dal bordo cosparso di zucchero, o sale, o non so che. Li decora con fettine di lime, ombrellini, cannucce colorate.

"Quanti anni avete?" Il barman lo chiede tanto per attaccare bottone con Bea, suppongo.

Lei poggia il mento sulla spalla, alzandola con un gesto sexy.

"Quanti anni mi dai? Dammi tutti quelli che vuoi."

La risposta più mitica che abbia mai sentito. Se Bea rispondesse con la stessa prontezza alle interrogazioni, sarebbe la prima della classe.

Il barista ci prepara due vodka.

"Questi li offro io," dice porgendoci due bicchieroni di un succo fluorescente, nel quale tintinna una pioggia di cubetti di ghiaccio.

"Che cos'è?" chiede Bea.

"Amleto, un cocktail di mia creazione. Se vi piace, ve ne preparo tutti quelli che volete."

I barman possono offrire tutti i cocktail che vogliono? O questo ci vuol fare ubriacare a sue spese?

"È magico!" urla Bea. "La cosa più buona che abbia mai provato. Ste, bevilo tutto. Tutto, così ce ne rifila un altro paio e possiamo portarne uno di nascosto a Eli. Quella scema, se non beve, diventa paturniosa."

Bevo l'Amleto. È buonissimo. Bea se ne scola un altro, seduta sullo sgabello di fronte al barman.

"Vuoi assaggiare anche il Macbeth?"

Vorrei dire a Bea che tutto questo Shakespeare ad alta gradazione sotto le luci stroboscopiche potrebbe diventare tragico.

Ma Bea è partita. Io anche.

L'alcol fa effetto presto. Anche perché non ho mangiato nulla dal mattino. E ho saltato il pranzo, pensando che la sera saremmo andate in un ristorante dove avrei assaggiato ogni ben di Dio. Torno barcollando in pista. Ondeggiano tutti intorno a me, e quindi non mi sento per niente fuori posto.

A un certo punto, qualcuno mi abbraccia da dietro. Mi mette una mano sopra gli occhi.

"Indovina chi sono?"

Un cretino, vorrei rispondere. Quella mano sudaticcia rischia di farmi sciogliere il trucco, di far regredire a un baco la mia farfallina di eyeliner.

Mi volto.

Riconosco la sua faccia anche in quel caleidoscopio di luci e ombre.

È Renato. Uno dei quattro zombie che tifano Crotone.

"Che ci fai qui?" gli chiedo (sono piuttosto tonta, quando l'occasione lo esige).

"Una ricerca sul bosone di Higgs."

Un po' è l'effetto-alcol, un po' la luce da disorientamento cosmico: lo guardo senza capire.

"Era una battuta!" urla Renato. "Te la devo spiegare?"

"No, scusa..."

"Le tue amiche non ti hanno detto che siamo stati noi a invitarvi qui? Ma ci siamo accorti che siete in compagnia..."

"È il papà di Eli."

"Pensavo fosse il dj. Sta alla consolle."

È così. Artù è alle prese col mixer. O si è stancato di aspettarci seduto su quello scomodo divanetto, oppure ci ha accompagnato in discoteca perché doveva lavorare.

"La lampada funziona bene?"

"Quale lampada?" Io sarò disorientata, ma 'sto Renato parla in codice.

"L'alogena."

"Perché non dovrebbe funzionare?"

"Giusto. L'ho sistemata io. Conosco bene il mio mestiere."

Mi torna in mente, come in un flash, quella serata stupida, con l'alogena che si schiantava a terra, il cuscino nell'acquario, il kilim di papà nella lavanderia a gettoni. Che incubo! Pensavo di aver rimosso.

"Oh! Siete arrivati."

Eli capita a proposito.

Hai visto che sorpresa, Ste?

È una sorpresa o un incubo? Dall'ombra maculata di luci arcobaleno emergono Mirko, Archi e la guida dantesca. Che palle! Speravo che non avrei più rivisto quei quattro. Fossero stati paparazzabili almeno! Postare una foto con loro su Facebook o Instagram dubito che farebbe alzare i like.

"Non mi pare molto contenta!" esclama Renato osservandomi dietro la cortina di fumo technicolor sprigionato dalle bocche dei fari.

"No, è che mi sento un po'... stordita."

Purtroppo è vero. L'Amleto comincia a fare effetto. Sciaborda tra la gola e la bocca dello stomaco. Mi sento shakerata anch'io.

E Bea? Lei ha sperimentato anche il Macbeth: dov'è ora? E soprattutto, in quali condizioni?

"Siete le amiche di Bea?" Il barman ha lasciato il bancone e ci ha raggiunti. "Dovreste andare a vedere in bagno. Non è troppo in forma."

Me lo sentivo. In qualche modo sapevo che sarebbe risuccesso. Che Bea avrebbe vomitato le tragedie di Shakespeare. Neppure quando stavano sul libro di inglese le sopportava: figuriamoci con ghiaccio e gin.

Raggiungo Bea appena in tempo per vederla riempire il water di brodo di ramarro. Per sentire che sto per fare copia-incolla: cerco un water per vomitare. Tutti i bagni sono occupati. Ma è possibile che la pipì scappi a mezza discoteca? Non riesco più ad aspettare. Mi avvicino a un lavandino e una donna di mezza età (avrà tipo venticinque anni) mi punta schifata.

"Non provarci, sai? Se vomiti qui chiamo il servizio d'ordine."

Non mi resta che il water di Bea. Lei ci è inginocchiata davanti. La raggiungo, le sposto un po' la testa usando la mano che non mi blocca la bocca. E centro il buco. Almeno credo. Un po' di vomito finisce per terra. Un bel po' sui capelli di Bea.

"Sei una stronzaaaa!" piagnucola lei con la bocca impiastricciata. "Dovevi proprio vomitarmi addosso? Ora me la paghi."

Bea si toglie un po' di bava dai capelli e si pulisce la mano sul mio seno. O meglio: sulla maglietta Jimmy Choo di mia madre. L'unica cosa griffata che ha. L'unica cosa che mi ha proibito di indossare.

Mi viene da vomitare ancora. E questa volta non provo nemmeno a centrare il buco del cesso. Rigetto tutto addosso a Bea.

Mi sa che stronza lo sono davvero.

Il bagno è una latrina. Bea e io siamo intonate all'arredo. I suoi capelli biondi, dal perfetto taglio asimmetrico, hanno uno stile punk. Io non mi guardo (l'occhiata allo specchio la lascio alle ragazze in fuga dai bagni), ma suppongo di avere l'aria di una che è appena riemersa da uno stagno: se al posto degli orecchini con le farfalle di paillette mi trovassi due girini non mi stupirei.

Non so se piangere o... ridere. Amleto dev'essere rintanato in qualche recesso della mia testa. È lì che dondola. E mi fa trovare divertente persino questo strazio. Dev'essere lo stesso per Bea. Mi guarda. È arrabbiata. Ma non troppo. A un certo punto scoppia a ridere. E mi contagia. Ridiamo finché non ci vengono le lacrime agli occhi. Siamo lì, piegate in due dal ridere, quando in bagno appare Eli.

È senza parole. Per quattro secondi.

"Voi siete completamente cretine!" dice. Ci osserva meglio. "Fate schifo! Puzzate da morire."

E scoppia a ridere con noi. Mi sa che hanno presentato Amleto anche a lei.

"È meglio che ce ne andiamo di qui," decide. "Se mio padre vi vede in questo stato, chiama i pompieri. Datevi una ripulita. Io avviso gli altri. E vi aspetto all'uscita posteriore. Avete capito? Po-ste-rio-re."

Io e Bea scoppiamo a ridere di nuovo. Quand'è che la parola posteriore è diventata esilarante?

Nel retro della discoteca c'è un angolo arredato secondo un design d'avanguardia: due cassonetti dell'immondizia, un cumulo di scatoloni vuoti e mezzo schiacciati, un'aiuola di mozziconi e lattine sparse. C'è anche una scala antincendio. Eli, MirkoArchiVirgilio e Renato si sono seduti lì. Hanno tutti una sigaretta in mano. Da quando Eli ha iniziato a fumare? Dall'odore non sembrano sigarette qualunque.

L'eco della musica della discoteca arriva fin là. Di sicuro, penso, ci sono dei topi in giro. Che ballano. Per fortuna il senso dell'umorismo non mi è finito nel water: una consolazione.

"Vi dovete abituare," esordisce Archi.

"A cosa?" chiedo ridendo come una scema. "A vomitare in compagnia?"

"Agli alcolici."

"Be', anche no. Chi ce lo fa fare di ubriacarci per vomitare tutto dopo un'ora?"

"Hai ragione!"

Non è possibile: Renato mi ha appena dato ragione. Si alza dal gradino di metallo e viene verso di me:

"Lo vuoi un tiro?".

"Non fumo! Mi manca solo che inizi a fumare. E poi ho la bocca che sembra una cloaca. Se ci aggiungo la puzza di fumo, dovrò usare il disinfestante invece del collutorio."

Renato ride.

"Un chewing gum?"

"Magari!"

"Non ce l'ho, mi spiace. Ho qualcosa di meglio."

"?"

"Vieni con me."

Con Renato? Dovrei allontanarmi con Renato? Per fare cosa? Siamo a pochi passi l'uno dall'altra. Lui è appoggiato a un cassonetto. In genere penserei che è antigienico, pericoloso, che è una cosa da barboni. Ma non sono in condizione di fare la schizzinosa. Oddio! Ho l'impressione che la mia testa si stia staccando dal corpo. Levita. Si alza e si abbassa, con un ritmo ondulatorio. E una grancassa ci tamburella dentro. Ho l'impressione che il tam-tam che sento nelle orecchie voglia uscire dagli occhi. Li sento umidi, lucidi. La mia vista è sdoppiata. Vedo due cassonetti e due Renati. No! Uno basta e avanza. Maledetto alcol, maledetto Amleto, maledetto barman. Altro che serata al top.

Barcollo. Sono sempre andata fiera del mio equilibrio. Fino a qualche anno fa, grazie a quelle stupide lezioni di danza classica che mamma Dany mi aveva obbligato a fare prima che le venisse l'idea della pallavolo, riuscivo a camminare sulle punte. Ora mi pare di non avere né punte, né pianta.

Renato si avvicina. Mi cinge la vita con le sue zampe.

Cerco di biascicare che "non-sono-in-prestito". Ma la parola "prestito" è troppo difficile da pronunciare.

Renato ride. Gli altri pure. Devo essere molto comica.

"Prova questa," dice Renato togliendosi di tasca una pastiglietta azzurra.

"Il Via-via-viagra?" balbetto.

Ride di nuovo.

"Non credo ti serva. Non serve neppure a me," tiene a sottolineare. “No. È una pasticca che previene il mal di testa da sbornia.”

“Non dire stoccate, cioè stronzate. È una doga. Cioè una droga.”

“Tu sei tutta di fuori. Tu non sai che cos’è la droga. Io sì. Ho un fratello eroinomane. E ti assicuro che è l’esempio da non seguire. Non c’è pericolo che io mi droghi. So per esperienza quanto male fa.”

“E allora che roba è?”

“Te l’ho detto. Una pastiglietta innocua. Che però ti evita il mal di testa che ti sta per venire.”

“Senti, ho già fatto il pieno di alcol. Il mio stomaco non accetterà niente di solido o liquido per le prossime ventiquattro ore.”

“A meno che...”

“?”

“A meno che non segui i consigli di chi è più esperto di te.”

“Tu saresti l’esperto?”

“Sono un amico.”

Da quando Renato è un amico? È la seconda volta che lo vedo. E non mi piace per nulla. Anzi. Continua a farmi un po’ paura. Mi guarda. Fisso negli occhi. Deve avere una certa abilità, perché i miei occhi vibrano in questo momento. Gli altri restano a guardare.

“Ste, sei la solita fifona. Che ti costa provare?” Eli ci mette del suo.

“Tu l’hai provata?”

“Secondo te perché sto così bene? Perché non ho partecipato alla vomitata di coppia?”

Bea, che pareva assopita, si risveglia.

“La voglio io quella roba,” urla.

Archi, che sta accanto a lei, si tasta i pantaloni. Estrae un pacchetto di Vivident. Ma allora i chewing gum li hanno! Dalla scatolina prende una pastiglietta azzurra.

"La dovrai mandare giù con un sorso di birra," dice a Bea, passandole la sua bottiglia. "Non ho acqua."

Bea inghiotte la pastiglia e beve un sorso di birra senza fare una piega.

"Tocca a te, Ste," insiste Eli.

"Ma io non voglio impasticcarmi!"

"E noi non vogliamo delle piattole intorno," sforna la bocca di Bea. "O stai con noi, o sei fuori. Prendi e te ne vai. Torni a casa."

Un altro ricatto! Quando avevo già sentito la stessa formula irritante? Ah, sì! Quella volta in cui Eli e Bea mi avevano costretta a scegliere tra Giada e la classe. Se solo avessi scelto Giada!

Se avessi scelto Giada a quest'ora saprei mungere una vacca. Che prospettiva! A quest'ora non avrei questo favoloso taglio di capelli, gli occhi con la coda e questi strabiliosi anfibi con le zeppe a carroarmato ai piedi. Oddio: in questo momento il mio eyeliner si è dissolto, penso. Avrà prodotto tanti piccoli puntini sparsi su guance e naso. Altro che gnocca, devo sembrare un brutto anatroccolo a pois.

Ma nel buio che circonda i cassonetti, essere un anatroccolo, una nutria, un bradipo non ha grande importanza. L'essenziale, per adattarsi all'ambiente, è sentire l'appartenenza al mondo animale. Tutto ciò che è umano pare piuttosto lontano da qui. E io sono lontana pure da me stessa.

"Ste, ti decidi?"

Decidere? Ho scelta? Se non accetto la pastiglietta di Renato, questi mi piantano in asso. Mi lasciano tra le immondizie, come una lattina ammaccata. E poi come ci torno a casa? E una volta a casa, che racconto ai miei? Oh! Che situazione di merda. Forse mi conviene prendere la pastiglietta. Che sarà mai? Ci sono generazioni di ragazzi che ogni fine settimana si impasticcano. Mica languono ai lati delle strade, no? Però... magari languono nei loro letti, nelle loro camere. No. La pasticca Renato se la può ficcare dove dico io.

Eppure... sto proprio male, accidenti. Ho cominciato pure a tremare. Non avevo idea che facesse così freddo qui fuori. Invece Bea e Eli mi sembrano in forma. Magari questa caramellina azzurra è simile a uno degli ansiolitici che prende mia mamma. Che vuoi che mi faccia? Di sicuro non può farmi stare peggio di così.

Sto per prendere la pastiglietta dalle mani di Renato. Lui si ritrae.

"Poi però non andare a dire che ti ho costretta, o cose del genere."

"Dammi quella roba."

"Eh, no. Te la devi prendere tu. Dalla mia bocca."

Oddio! Devo baciare Renato? a) ho la bocca che sa di vomito; b) non bacerei Renato nemmeno sotto effetto Amleto; c) 'fanculo la pastiglietta.

Eli, Bea, MirkoArchiVirgilio cominciano a fare il tifo.

"Ste Ste Ste Ste."

Il mio nomignolo a ritmo techno è ignobile.

Renato tira fuori la lingua. È ufficiale: è un ramarro. Ha pure un piercing incastrato in punta. Poggia la pasticca blu su quell'oscenità viscida.

"Ste Ste Ste Ste."

Si sono pure messi a battere le mani quei coglioni.

Allungo il collo come una giraffa verso le fauci di Renato. Con la lingua afferro la pasticca, cercando di limitare ogni contatto. Fatto. Come la ingoio? Lui mi dà una pacca atroce sulle spalle. Con quel colpo trangugerei un ippopotamo. La pasticca è andata.

Ci metto un po' a realizzare che sono (ancora) in piedi. Per un po' ho avuto la sensazione di cadere in un baratro. L'aspetto della morta vivente ce l'ho di sicuro. Ho avuto la sensazione di perdere consistenza. Sono diventata molliccia. Il corpicino di una lumaca senza guscio. Mi sono messa un dito in bocca per ripescare la pastiglietta. Ma quella doveva aver raggiunto il gluteo destro. O il sinistro. Gli altri ridono.

A un certo punto, chiudo gli occhi. Non riesco a reggermi in piedi. Mi siedo per terra. Su quell'asfalto zozzo. Riapro gli occhi. Sperando di cogliere tracce di un paesaggio conosciuto. Impresa fallita. Niente di ciò che mi circonda è familiare. Confondo il cassonetto con un'auto. Dico una cosa tipo: "Chi ha parcheggiato lì?".

Sento il riverbero della musica techno dentro il collo. Renato, seduto accanto a me, mi massaggia la nuca.

"Senti il cuore che pulsa qui? È normale."

Normale? Che c'è di normale in questa serata? In questa discarica? In me stessa? Qualche riflessione prende corpo dentro la mia testa. Forse sto ritrovando il controllo. O forse no. Non ancora.

A un certo punto sento, amplificato, il trillo di un messaggio WhatsApp.

Oddio!, penso, questa è mia mamma che ha cambiato idea. Vuole che torni a casa subito. Alle tre di notte? Conciata come un'iguana?

Cerco a tentoni lo smartphone: è ancora nella tasca dei jeans. Apro WhatsApp. Metto faticosamente a fuoco. È un messaggio di Giada.

"Ste, mi sento sola e triste senza di te. Ci vediamo domani?"

Le lettere zigzagano. Non capisco se quell'imbroglio chimico mi ha debilitato la vista, o se mi sto commuovendo. Giada mi rivuole, nonostante tutto! La mia amica Giada è disposta a perdonarmi!

Mi viene un groppo in gola (non è la pasticca, quella ha già fatto le sue evoluzioni): sto per piangere.

Bea se ne accorge. Mi prende di mano il cellulare.

"Chi ti scrive a quest'ora? Alessandro? Vuoi vedere che quello sfigato è innamorato di te?"

Non faccio in tempo a reagire.

Bea legge il messaggio a voce alta. Ride in modo sguaiato. Il suo modo.

"Quella stronza di Giada ha il coraggio di rifarsi viva? Di notte? Ma non sta dormendo? Non va a letto con i vitelli?"

Segue altra risata sguaiata. In stereofonia (ci si è messa pure Eli).

"Chi dorme coi vitelli?" chiede Mirko, o Archi.

"Una cretina."

"Perché non ce la presentate?"

"Perché è una stronza," risponde Eli, o Bea.

"Datemi il suo numero," dice Renato.

"Che vuoi fare?"

"Chiamarla."

"No," mi intrometto in una parentesi di lucidità. "Bea, non dargli il numero di Giada."

"E perché no?"

"Perché... non risponderebbe."

Bea brandisce ancora il mio cellulare. Devo strappargielo di mano. Impedirle di inviare a Giada chissà quale risposta.

"Rivoglio il mio cellulare!" urlo. E vorrei aggiungere: rivoglio la mia amica.

Devo agire in fretta. Svegliarmi da questo torpore che mi immobilizza. Mi lancio su Bea e le strappo di mano il telefonino.

"Oh, oh," fa lei, "la bambina si è risvegliata. Ridammi quello stupido coso. Mando io un bel messaggino alla tua amica Giada. Le faccio passare per sempre la voglia di rompere le palle."

Bea mi si avvicina. Ho il cellulare in pugno, ma lei o Eli o qualcuno dei quattro dell'Apocalisse potrebbero prendermelo di nuovo. In un gesto inconsulto e disperato lancio lontano il mio iPhone7, il megaregalo che i miei mi hanno fatto lo scorso Natale. La sua traiettoria è un'iperbole: sale al cielo e ridiscende sulla strada. Lo vedo strisciare sull'asfalto umido, e penso che lo schermo si sarà rigato irreparabilmente. È un istante. Il cellulare si blocca. È l'auto che ci sfreccia sopra mezzo secondo dopo che non ha pietà. Mentre corro a salvare il mio straprezioso telefonino, vedo un fuoco d'artificio di metallo e vetro schizzare sulla carreggiata. È andato. Il mio iPhone è deceduto. Finito mortalmente sotto un'auto. Un minuto di silenzio, per favore. No: è una quantità di tempo che non mi posso permettere.

La velocità di questo strazio non ammette pause. I miei "amici" ridono come folli. Folletti del male. Folletti infernali. Io mi rabbuio più del buio che mi circonda e che ha allungato i suoi artigli dentro il mio cuore.

Bea e Eli stanno raccontando agli zombie qualcosa di Giada. Bea passa il suo numero a Renato, che lo memorizza sul suo cellulare. Sento che, tra una risatina e l'altra, pianificano qualcosa. Ma parlano sottovoce, e l'eco della musica techno copre le poche parole che potrei udire. Me ne arriva all'orecchio solo una: Giada. Ed è sufficiente. Esplodo.

Urlo a Eli e Bea quello che avrei dovuto urlare mesi fa. Che sono due stronze. Che hanno scelto una vittima per sfogare le loro frustrazioni. Che le sfigate sono loro, perché se la sono presa con la ragazza più dolce della classe. Che ce l'hanno con lei perché è l'unica che non sono riuscite a contaminare con la loro stupidità. Che sono sceme, fesse, qualcosa a metà tra un'ameba e... (non mi viene il nome di un altro organismo monocellulare e lascio la frase in sospeso). Comunque, per aver sbevazzato e ingoiato chissà quale sostanza assurda, riesco ad argomentare fin troppo bene. A trovare proprio le parole che cercavo, a infilarle una a una nel discorso. A infilzarle come punteruoli nelle facce imbambolate di Eli e Bea. Non ho finito l'arringa. Finalmente dico a MirkoArchiVirgilioRenato quello che penso di loro. Sintetizzo tutto con l'unica parola che meritano:

"Sfigati".

L'amica ritrovata

Quello che è successo ieri sera resterà impresso per sempre nel mio cervello come un tatuaggio. Un tatuaggio dal soggetto infernale. Tipo un serpente che divora un coniglio intero, o che avvolge nelle sue spire una ragazza di quattordici anni dal nome che sembra uno sputo: Ste.

Non ricordo tutto nei dettagli, ma quello che ho vissuto ha i contorni di una tragedia. Shakespeare lo odierò per sempre. L'*Amleto* non lo leggerò mai per intero. E se ce ne propinassero qualche passo in classe, uscirei con la scusa di un attacco di panico.

Le stronze (Eli e Bea) e gli sfigati (Mirko, Archi eccetera) dopo il mio sfogo hanno reagito vomitandomi addosso l'intero archivio degli insulti che avevano nell'hard disk dei loro crani. Eli e Bea mi hanno pure preso a "lattinate". Hanno raccolto da terra quanto gli capitava a tiro e hanno cercato di bersagliarmi. Non mi hanno beccata (solo una volta, due. Ma di striscio), anche perché mi sono messa a correre come un fulmine-con-gli-anfibi, scappando da loro, da quel posto di merda, dal luogo di sepoltura del mio iPhone.

Senza cellulare, senza la possibilità di chiamare qualcuno in aiuto, ho camminato per ore in una periferia fantasma, cercando di trovare (ma quanto lontana era quella discoteca?)

una delle strade che mi portassero a casa. Avevo una paura globale. Ma provavo anche rabbia. E una sensazione di leggerezza. Di libertà? Cosa avevo fatto esattamente? Ero riuscita a slegarmi da quell'amicizia-giogo che in qualche modo mi aveva tenuto in ostaggio per mesi?

È vero, non potevo negarlo: frequentare Eli e Bea mi aveva cambiata (e non solo nel look). Mi aveva dato una marcia in più. Mi ero anche divertita. Ma credevo davvero di poter vivere per sempre le situazioni assurde in cui mi mettevo stando con loro? Non avevo perso di vista qualcosa di importante scegliendo di cazzeggiare nei centri commerciali anziché scrivere sul mio diario (da quando non lo prendevo in mano?) o andare al cinema a vedere qualcosa che non fossero le saghe di vampiri? E soprattutto non avevo rinunciato a Giada? Fosse o no l'amica che il destino (e non io) avesse scelto per stare al mio fianco, Giada era cresciuta insieme a me. Non c'era foto o video della mia infanzia che non avesse Giada come coprotagonista.

Che delirio di pensieri!

A un semaforo lampeggiante ho riconosciuto uno dei centri commerciali dove perdevo tempo con Eli e Bea. Le insegne luminose sulla sommità avevano un'aria quasi rassicurante: H&M, Trony, Oviesse, Despar, Decathlon. Occhieggiavano luminose contro il blu del cielo. Quel cubo di cemento su cui si issavano come palpebre sempre sollevate non aveva nessuna attrattiva. Era anzi inquietante vederlo svettare in mezzo a quell'interminabile parcheggio deserto.

Deserto? No. C'erano tre auto posteggiate. Tre segni di "civiltà". Peccato fossero vuote. Vuote? Oh, no! Nel buio dell'abitacolo si vedevano delle teste. Una, due, tre, quattro... Ma in quanti erano? E che facevano nel parcheggio di un centro commerciale in piena notte?

L'importante era che non mi vedessero. Chiunque ci fosse in quelle auto doveva ignorarmi.

I fari! Un'auto aveva acceso gli abbaglianti, puntati verso di me. Dovevo sembrare un'apparizione. Una stupida ragazzina, sola come un verme, a piedi, nel parcheggio di un centro commerciale, circondato dal nulla, era una preda perfetta. Perfetta per cosa?

Oddio! Mi sono guardata intorno: nessuno. Nessuno a parte quelle tre auto, dentro le quali dovevano starci minimo degli spacciatori, dei seviziatori, degli assatanati, dei serial killer.

Avevo due possibilità: darmela a gambe (ammesso che le gambe mi reggessero) e correre – con gli anfibi-con-la-zeppa! – dalla parte opposta (verso dove? la superstrada?) come una lepre che sta per essere impallinata, o svenire. Lì. Sul posto.

"Quattordicenne trovata morta nel parcheggio del centro commerciale Le Pleiadi. Gli inquirenti brancolano nel buio." Vedevo già il titolo dell'articolo di cronaca nera sulle locandine delle edicole il lunedì mattina. La gente avrebbe letto di me torturata, violentata, dissanguata, anziché dei gol di Totti. Avrei dato filo da torcere al calcio.

Era assurdo che – in preda al panico com'ero – riuscissi a formulare certi pensieri. A visualizzare la mia prematura e molto-tragica fine, a "leggere" il mio martirio in caratteri cubital-tipografici. O la pasticca azzurra aveva effetti alla Quentin Tarantino o ero impazzita.

Non mi sono data il tempo per trovare una risposta. Ho preso la rincorsa. Le urla di chissà chi alle mie spalle "Fermati, bambina! Dove vai, piccola? Vieni qui che ci divertiamo" erano uno stimolo ad accelerare. Ho attraversato una finta aiuola, mi sono fatta inghiottire da un vero fossato, ho scavalcato un muretto di almeno un metro con un'agilità felina e mi sono trovata in mezzo alla tangenziale. Sgombra. L'ho attraversata. Altro muretto. Altro fossato-discarica.

Le urla erano lontane. Quei tipi dovevano aver messo in moto le auto, avevano rinunciato all'inseguimento a piedi. E forse me l'ero cavata scavalcando due corsie di tangenziale.

Mi sono piegata in due. Non avevo quasi più fiato. Ho alzato gli occhi. Mi trovavo nel quartiere di Giada.

Ho sgambettato (le forze residue erano maggiori di quanto si potesse credere) fino a casa sua. Mi sono fermata fuori dalla porta. Le luci erano ancora spente. Ma la famiglia Surace in genere si sveglia presto. Seduta sul marciapiede (eh, sì: mi sono seduta), ho visto la mamma di Giada aprire il portoncino d'ingresso, portare fuori la voliera con gli Inseparabili (quella specie di uccelli si chiama proprio così, mi aveva fatto notare Giada) e appenderla al chiodo sul tronco del caco. Ho aspettato qualche minuto. Ho inspirato, e poi ho suonato il campanello.

La mamma di Giada si è affacciata.

"Stefy! Che sorpresa! Che bello vederti! Giada è ancora a letto. Entra e vai a svegliarla. La farai felice."

Ho salito a due a due i gradini di quella casa che conoscevo come la mia, sono entrata in camera di Giada, piano. Dormiva. Con la frangetta scomposta e il braccio destro sul cuscino. In mano teneva il cellulare da cui mi aveva inviato il messaggio. Doveva aver visto, dalle spunte azzurre, che l'avevo letto. E chissà per quanto aveva aspettato una risposta che non era mai arrivata.

Mi sono sdraiata accanto a lei. Ero esausta, ma non avevo sonno. Lei ha bofonchiato qualcosa, si è girata e mi ha visto.

"Stefy! Sei tu!"

Allora ho fatto quello che in tutta la notte non ero riuscita nemmeno a concepire. Sono scoppiata a piangere. Giada, con gli occhi lucidi, mi ha abbracciato.

"Stefy! Quanto mi sei mancata!"

"Anche tu," ho risposto. Col moccio che mi scendeva sulle labbra.

Non è stato facile spiegare a Giada perché mi fossi comportata da stronza negli ultimi mesi. Non era chiaro neppure a me! Ma lei era troppo felice per non prendere come buona ogni mia scusa malferma.

Le ho raccontato (evitando dettagli incomprensibili anche per me) della serata infernale. Le ho detto che il mio iPhone era stato investito da un'auto pirata e che non sapevo cosa avrei raccontato ai miei.

Lei mi ha tranquillizzato.

"Ora dormi un po'. Sei troppo stanca. Poi nel pomeriggio andiamo insieme a casa tua e raccontiamo che c'è stato un incidente, che l'iPhone ti è caduto di mano e che... Insomma: raccontiamo una mezza verità."

"I miei mi ammazzeranno."

"Figurati. Ma mi sa che d'ora in poi dovrai usare il tuo vecchio cellulare. Quello che si blocca ogni volta che ci smanetti per più di due minuti! Ce l'hai ancora?"

"L'ho passato a Umby. Ci ha messo la cover di Winnie the Pooh."

Era bello ridere con Giada.

"E se i miei mi cercano? Il telefonino dirà che non sono raggiungibile, e quelli faranno un casino. Chiameranno il papà di Eli, hanno il numero, e lui che cosa dirà? Che mi ha perso in una discoteca?"

"Facciamo così: li chiamiamo al fisso ora. Tu gli dici che ieri sera hai litigato con Eli e Bea, per... non so... inventa tu, e che hai chiamato me. Io ti sono venuta a prendere e hai dormito qui. Gli dici che ti fermi a mangiare gli gnocchi da mia mamma e che più tardi torni a casa. Ti accompagno io."

"Uhm, potrebbe funzionare."

"Funzionerà."

Mamma Dany non se l'è proprio bevuta liscia. Qualche bollicina sospettosa doveva essersi infilata nel suo naso da segugio.

"Che razza di storia è? Passami Giada: voglio parlare con lei."

Ora potevo dormire un po'. La quiete mi aspettava. Prima della tempesta.

Casa tremenda casa

Visto che ho dovuto suonare (quando si decideranno i miei a darmi le chiavi di casa?), è venuto ad aprirmi mio padre. E la cosa dovrebbe insospettirmi, perché in genere non si schioda dal divano.

Mi guarda senza parlare. Nemmeno mi saluta. Saluta solo Giada.

"Ehi, Giada! Ti si rivede. Non sai quante volte James ha chiesto di te."

Giada sorride. Ma avverte l'imbarazzo. La tensione sul viso di mio padre.

Entro in casa. Mamma Dany, in piedi in mezzo al salotto, ripete la battuta di mio padre.

James si affretta a trotterellare verso di noi, annusa i piedi di Giada e le spruzza addosso una delle sue pipì lattiginose. È una cosa che fa quand'è contento. Tipo per dare il benvenuto. È una delle brutte abitudini che in quattro anni nessuno è riuscito a fargli perdere.

"Ma allora ti sono mancata!" dice Giada a James.

Lui risponde seminando tre amorevoli caccoline intorno ai suoi piedi.

Se non avvertissi che qualcosa non va, mi metterei a ridere.

"Ora," dice mio padre con pausa a effetto. "Ora mi spieghi perché c'era un preservativo sulla lampada alogena."

Giada sgrana gli occhi. Io li faccio diventare due fessure: mi serve per concentrarmi sulle associazioni. Lampada-rotta=Renato-intervento-da-elettricista.

Vorrei poter costruire il più grande castello di bugie che sia mai stato concepito.

Mi limito a dire la verità.

Mi stravacco sul divano (James mi spruzza gli anfibi con la sua pipì residua) e vuoto il sacco. Non proprio tutto. Racconto alcuni dettagli di quel weekend da paura, dell'amicizia con Eli e Bea, del loro stupido divieto di parlare con Giada (lei nel frattempo si siede, si arrotola intorno al dito una ciocca di capelli, punta lo sguardo sugli ignari Ulisse e Diomede), della serata in discoteca (tralascio l'incontro con Amleto e via dicendo) e finisco con un necrologio: quello del mio iPhone.

Segue un silenzio di tomba. Quanto mai azzeccato.

Ora le ipotesi sono due: a) i miei mi triturano, mi congelano e mi utilizzano come ragù nelle prossime lasagne; b) copia-incolla della prima ipotesi.

Invece no: mio padre sospira, e si siede sul divano. Mia madre sospira, e si siede sul divano. James scaccola sul tappeto. Umby – che era in camera sua – arriva di corsa sulla scena del crimine.

"Giada! Mi hai portato il vitello?"

Il seguito è fatto di biasimi, recriminazioni, minacce: "Non ti compreremo un cellulare nuovo nemmeno in punto di morte!". "Non uscirai più di casa da sola." "Non andrai più nemmeno agli allenamenti di pallavolo" (magari!). "Porteremo la faccenda davanti alla preside" (che stress!).

Ma anche di coccole.

Mamma Dany abbraccia Giada. "La mia piccola!" le dice

(non si è accorta che è più alta di lei?). Mio padre mi dà un buffetto sulla guancia:

"Ora basta. Questa storia è finita. Ora la chiariamo con gli altri soggetti coinvolti e tutto deve filare liscio d'ora in avanti. Tra un mese finisce la scuola. Niente più stronzate, ehm... volevo dire stupidaggini. Ora ci siamo noi a darvi una mano".

La mia casa sembra il set di *Beautiful.* Abbiamo tutti un sorriso ebete, ma telegenico. Siamo in un episodio da soap-opera supermieloso con un morbido cuore di comprensione. Manca solo che il vicino di casa suoni il campanello per chiedere dello zucchero.

Driiin!

Solo i desideri-non-proprio-desiderati si avverano in tempo record.

Mamma Dany apre la porta e l'ingombrante sagoma della signora Maria-redazione eccetera troneggia nel vano con la prevedibile colorazione giallo-rosso papavero.

"A proposito della caldaia..."

Mia madre non ha la prontezza di un portiere di serie A. La palla, cioè la vicina impicciona, entra in rete. Ma perché mi preoccupo? Se anche la signora Maria, dopo aver esaurito il tema "caldo" che le sta tanto a cuore, accennasse a lavanderie a gettoni eccetera, non avrei (molto più) di che preoccuparmi. Aggiungerebbe solo il tassello mancante al resoconto-puzzle che ho appena snocciolato.

E, per la cronaca, lo fa: la signora Maria chiede se il tappeto sia venuto pulito.

"Quale tappeto?" domanda mio padre, che probabilmente ha subodorato qualcosa.

La signora Maria inizia il riassunto delle puntate precedenti. Il suo blaterare è un rumore sordo di sottofondo. Nessuno la ascolta. Ci guardiamo negli occhi e ci sorridiamo col cuore. Persino James pensa che la vicina sia una presenza accettabile. Le si avvicina. Le spruzza le pantofole di pipì.

"Ed è anche per questo," conclude indignata la signora Maria, "che non vi rivolgerò più la parola."

Un epilogo straziante.

E se non puoi la vita che desideri

L'ultimo mese di scuola è interminabile. Siamo tutti con la testa altrove. Non so dove.

La prof Bellotti ci propina poesie di autori che secondo me conosce solo lei: Costantino Kavafis, per esempio.

E se non puoi la vita che desideri
cerca almeno questo
per quanto sta in te: non sciuparla
nel troppo commercio con la gente
con troppe parole in un viavai frenetico.
Non sciuparla portandola in giro
in balìa del quotidiano
gioco balordo degli incontri
e degli inviti,
fino a farne una stucchevole estranea.

La Bellotti ci dice che, siccome è tradotta dal greco moderno, non dobbiamo impararla a memoria. Ma cercare di comprenderne il significato sì.

Da quando la preside ha indetto un consiglio di classe straordinario per affrontare la situazione degenerata, la Bellotti ci osserva più attentamente. Non sta lì a verificare se abbiamo svolto tutta l'analisi del periodo. Ci chiede se stiamo bene, se ci sentiamo tranquilli in vista degli scrutini, se abbiamo qualche problema che ci assilla. Spiega che lei è a disposizione di tutti. Oltre l'ora di lezione. Che dobbiamo considerarla un'alleata, anche perché questo sarà l'ultimo anno che passeremo con lei, visto che spera di andare in pensione. Non lo dice esplicitamente, ma si capisce che un po' le dispiace separarsi da noi.

Le ho chiesto di tornare in banco con Giada. Mi ha risposto che, a questo punto dell'anno, era meglio "non stravolgere un equilibrio precario".

"So che capisci quello che voglio dire, Stefania," (lei è una delle poche prof che non ci chiama per cognome). "Sono successe cose brutte tra voi. Dinamiche che noi insegnanti non siamo riusciti a cogliere appieno. Lasciamo che l'anno termini nella maniera più serena possibile. Tu e Alessandro avete molto in comune, nonostante le differenze di carattere. Tu sei aperta e sicura di te, tutto sommato. Lui è chiuso, ma intelligente e non si sottrae alle sfide. Gli sarà utile avere una compagna determinata a vogare con energia verso il secondo anno, che certo sarà più impegnativo di questo. E tu, Stefania, hai bisogno della sua sensibilità. E poi Giada ha fatto amicizia con Federico. Mi sembra molto più attenta ultimamente. La vedo sorridere. E questo mi rasserena."

In effetti Giada è radiosa. Il motivo? No, non ha a che vedere con il divorzio collettivo da Eli e Bea, che in classe sono state emarginate. Ora quelle due fanno comunella solo tra loro. Hanno sempre un look da urlo, camminano a testa alta pure quando vanno in bagno. Eppure in classe – dove non è venuto a galla quasi nulla di quello che è successo a me, a Giada e a loro – i compagni non le considerano più le strafighe. Anche perché zoppicano alla grande in fatto di voti. I prof ripetono che qualcuno "potrebbe non superare l'anno" e quando lo dicono, i loro sguardi palleggiano da Eli a Bea.

A me hanno tolto il saluto. Ovvio.

A darmi retta invece è Ale. Non so quando esattamente si sia aperto con me. Forse quando si è accorto che ho ripreso a parlare con Giada. Ora non mi risponde a monosillabi. Chiacchiera tenendo la mano davanti alla bocca pure quando i prof spiegano. Mi offre la sua merenda (brioche alla crema: tremiliardi di chilocalorie) e mi fa proposte imbarazzanti! Mi ha detto che la sua coniglietta Jane non è ancora stata sterilizzata e che potrebbe incontrare James per fare dei coniglietti con lui. L'idea all'inizio mi ha fatto ridere, poi l'ho trovata geniale.

"Dovrò parlarne con i miei," gli ho risposto.

I miei si sono dimostrati molto comprensivi: hanno detto (più o meno) "Non se ne parla". Da quanto ho capito, sono per il severo controllo delle nascite dei conigli.

Non ho interpellato James. Sono sicura che l'idea di avere un rapporto sessuale con una coniglietta anziché con le mie ciabatte di spugna gli sarebbe andata a genio. Ma ho il sospetto che dovrà continuare ad accontentarsi.

Da quando sono tornata a essere amica di Giada, i compagni ci hanno messo un niente a imitarmi. Mi è venuto il sospetto di essere io e non quelle cerebrolese di Eli e Bea la compagna che traina la classe-calesse. Ma poi ho archiviato il pensiero, richiederebbe un'autostima troppo elevata.

A un certo punto, come se niente fosse, tutti hanno ricominciato a parlare con Giada, a chiederle un pennarello, un paio di forbici. A ridere per una delle sue battutine.

Nessuno ha accennato al gruppo WhatsApp, che non è stato chiuso, ma che nessuno frequenta più.

Io non potrei nemmeno: il cellulare che ho (quello che mi sono fatta restituire da mio fratello) non supporta le app. È un catorcio che serve solo (solo!) per telefonare o mandare sms.

Uno strazio tecnologico. Di cui mi dovrò accontentare – secondo mio padre – finché non guadagnerò abbastanza per gestire i miei soldi e comprarmi quello che davvero mi serve.

Quanto a Giada… è felicità allo stato puro. Da qualche settimana ha uno scambio continuo e frequentissimo (si è fatta sgamare pure dal prof di scienze, che l'ha ripresa ma poi ha lasciato correre) con un certo David.

È un giallo questa relazione fatta di sms e di messaggi su Facebook. Giada mi fa leggere tutto, posta sulla sua pagina aforismi strulli del tipo "Ti amo. Tre secondi per dirlo. Tre ore intere per spiegarlo. E una vita intera per provarlo. Anonimo". Con sequenza di cuoricini che zampillano in calce.

Sono felice che Giada abbia un innamorato segreto, ma qualcosa non mi quadra. Perché questo David, che le scrive che l'ha "notata tra tutte", che è "unica", che è la sola ragazza che gli abbia fatto "battere il cuore", né io né Giada sappiamo chi è. Abbiamo ipotizzato che sia uno di Terza F. Ma quando Giada (grazie a una mia spinta) è inciampata contro le sue Adidas numero 47, lui ha reagito con un: "E che caz…". Quindi abbiamo concluso che non poteva essere lui l'innamorato segreto.

Abbiamo preso in considerazione un biondino di Seconda B. Un tipo un po' fuori di testa, con la cresta e i dilatatori sui lobi. Con le T-shirt extralarge coi colori del Ghana e le cuffie perennemente alle orecchie. Magari era lui il misterioso David, abbiamo pensato una sera in cui, a casa di Giada, passavamo in rassegna lo zoo scolastico.

Ho fatto in modo che lui e Giada si trovassero soli nell'atrio, poco dopo l'intervallo.

Giada – imbranatissima, nonostante quel look swing (nelle ultime settimane si è fatta crescere la frangia che raccoglie in una fascia giallarossaverdenera, si è fatta due dread sulla nuca e si è convinta ad allungare la linea delle palpebre con l'eyeliner) – gli ha detto:

"Sei in ritardo anche tu?".

"Sì," ha risposto lui. Ha fatto un rutto e poi se n'è andato.

Non poteva essere lui l'amoroso David che scriveva messaggi romantici.

Restava il mistero. Chi aveva adocchiato Giada? Doveva essere qualcuno che la conosceva bene. Perché nei brevi sms accennava alla sua passione per vacche e vitelli.

"Quando mi inviti nella stalla di tuo nonno?" scriveva il fantomatico David.

Giada rispondeva: "Dimmi tu giorno e ora".

Lui sembrava avere dei problemi col calendario. Non fissava una data precisa. Scriveva: "Alla prossima luna nuova".

Giada era un'esperta di lune. Ma non capiva l'essenza del messaggio. Io ancora meno.

"È di sicuro uno che ama la poesia," le dicevo per tranquillizzarla.

Il mistero David comunque faceva brillare gli occhi a Giada.

"E se fosse Federico tantoperbenino?" ho ipotizzato un giorno, dopo aver visto Giada e il suo compagno di banco scambiarsi uno sguardo complice, con la testa china sullo stesso libro.

"Ma figurati!" ha risposto Giada. "È solo un bambino!"

"Guarda che ha la nostra età."

"Sì, ma la porta male."

Siamo scoppiate a ridere. Anche se eravamo in classe.

"Ride bene chi ride ultimo," ha sentenziato Bea incenerendoci con lo sguardo.

E noi abbiamo riso più forte.

Finalmente David si era deciso. Aveva dato a Giada un vero appuntamento. Martedì, alle sei, al Parco dei cedri.

Giada era elettrizzata. Se la sfioravi, sentivi le scintille dell'attesa.

"Cosa mi metto?"

"Ti presto i miei jeans strappati sul culo," le ho detto, "e la maglietta Jimmy Choo di mia madre. L'ha portata a lavare e la macchia di vomito se n'è andata. Vuoi anche i miei anfibi?"

"Ste, hai il 36 e io il 39! E poi non ho bisogno dei tacchi. Sono già troppo alta. Metti che David sia un tappo. Non voglio farlo sentire in imbarazzo."

"Vero. Ma non pensarci nemmeno di andare all'appuntamento con quelle Superga puzzolenti."

"Non puzzano!"

"Invece sì."

"No!"

"Sì!"

"No!"

"Sì!"

Ho vinto io. Giada ha deciso di prendersi un paio di scarpe nuove. Altre Superga. Era una specie di compromesso.

"Mi accompagni all'appuntamento?" mi ha chiesto dandosi un'ultima (la centesima) occhiata allo specchio.

"Vuoi scherzare? È te che vuole vedere."

"Ma sono così nervosa. Mi accompagni e appena lo vedi arrivare, te la squagli."

"E come faccio a vederlo arrivare se non so che faccia ha?"

"Insomma, Ste. Non puoi lasciarmi sola!"

"Ti lascio con David! Stai tranquilla. Andrà tutto bene. Anzi: sarà magico."

L'appuntamento

È martedì. Sono le sei meno un quarto. Sono a casa. Col divieto tassativo di uscire.

Il cielo è sereno. Il sole è ancora alto. Come si sono allungate le giornate! Tra un quarto d'ora Giada incontrerà David.

Spero che non combini disastri. Che non s'impappini. Che non faccia la figura della pollastra. Sono preoccupata. Magari avrei dovuto farle fare un po' di respirazione yoga. Avrà il cuore che le batte a mille.

Uffa.

Che stress!

Mi sento impotente. E poi mi sa che sono nervosa almeno quanto Giada. E curiosa. Chi sarà questo David?

Vado in cucina e attacco a cucchiaiate il vasetto di Nutella. Mi sbrodolo come Umby.

Mi lavo le mani.

Torno al vasetto. Ne è rimasta pochissima. Tanto vale finirla.

Toh, mi sono sporcata anche la maglia. E i jeans! Che palle.

Il cellulare! Mi sembra di aver sentito suonare il cellulare. Controllo. Nessuna chiamata. È pazzesco. A volte sento la suoneria nella mia testa.

Certo che Giada potrebbe mandarmi un sms. Con scritto "Ok". Con una faccina sorridente.

Sono le sei e mezza. A quest'ora avrà già incontrato David. Chissà com'è. Sto fondendo dalla curiosità.

Un messaggino! Stavolta non me lo sono sognato. È di mia madre. Scrive che arriverà tardi. E che Umby starà a cena da Paolo, il suo amichetto sfasciaognicosa.

Bip. Un altro messaggino.

È di Giada.

"Non è ancora arrivato! Che faccio, aspetto?"

La chiamo.

"Cosa vuol dire che non è arrivato?"

"Che sono qui sola, su questa panchina, in mezzo al parco deserto. E non ho ancora visto nessuno. A parte uno scoiattolo."

"Lascia perdere gli scoiattoli!"

"Secondo te, quanto devo aspettare ancora? Me ne vado?"

"Uhm... sì. Alza il culo e vieni qui da me. Anzi, no. Magari ha avuto un contrattempo. Che so. È rimasto senza benzina. Ti ha detto che ha lo scooter, no?"

"Sì, ma ha quasi un'ora di ritardo. Poteva anche scrivere un sms per avvisarmi."

Giada ha ragione. Non so che dirle.

"Facciamo così, Giada. Ora esco e ti raggiungo. Aspettami lì. Se nel frattempo lui arriva, io mi defilo."

"Ma ti è vietato uscire di casa!"

"Mia madre farà tardi e mio fratello non c'è. Se esco mezz'ora, non se ne accorge nessuno."

"Grazie, Ste."

Mi metto le Superga anch'io (con quelle posso correre), lascio la porta di casa socchiusa (uso un anfibio per bloccarla) ed esco. Non so se è una mossa felice, ma non ho le chiavi di casa e non posso rischiare di restare fuori. Spero che nel frattempo non entri un ladro. Ci mancherebbe solo questo.

Prendo la direzione del Parco dei cedri. Il sole sonnecchia, ma non è ancora buio. Sento delle voci. Allora è arrivato! Giada non è sola. Potrei tornare sui miei passi e filare a casa.

Certo che per essere in due fanno un bel casino Giada e David. Fanno un casino mostruoso. Mi avvicino. Piano. Facendomi schermo con gli alberi.

Giada è seduta sulla panchina. Accanto a lei c'è solo la borsa floscia che le ho prestato. Intorno ci sono quattro, no: cinque ragazze. Le stanno urlando: "Stronza, troia, bastarda". Lei è immobile. Terrorizzata.

Una delle cinque le va vicino, afferra la (mia) borsa floscia e la lancia lontano. Un'altra la prende per i capelli, la strattona, la fa cadere dalla panchina.

Gli insulti continuano. Una grandine di parolacce.

Sono impietrita. Non so che fare.

Devo intervenire. Ma come? Quelle sono cinque. E sembrano delle furie.

Scema che sono. Uscendo di corsa, ho dimenticato il cellulare a casa. Non posso nemmeno chiamare aiuto. Devo soccorrere Giada.

È a terra. Una ragazza (ma è Eli!) la prende a calci. Giada tenta di ripararsi. Si chiude a riccio. Un'altra le si avvicina. Ora sono in due a prenderla a calci. In tre! In quattro.

Oddio! Che faccio? Mi metto a urlare? Devo correre fuori dal parco, cercare aiuto. Fermare i passanti.

Mi blocco di nuovo. Una ragazza (ma è Bea!) sta riprendendo tutta la scena col cellulare.

"Stronza. Troia. Vacca!" urlano le quattro aguzzine.

Finalmente sembra che la lascino in pace, ma Eli torna indietro. Le tira di nuovo i capelli. Le strappa la fascia dalla testa, la stringe a pugno e la ficca in bocca a Giada, che è sempre rannicchiata per terra, tra le foglie e il ghiaino. Le dà un altro violentissimo calcio sulla pancia.

Bea riprende tutto.

Mi sento impotente. Ma devo reagire. Chiamare aiuto. Mi allontano di corsa. Fuori dal cancello del parco c'è una macchina in sosta. Dentro c'è qualcuno. Mi avvicino, batto sui vetri.

Il finestrino si abbassa. Vedo la faccia di Renato. No! Devo chiedere aiuto a quel verme?

Non ho alternativa.

"Renato," singhiozzo (devo avere la faccia sconvolta), "vieni con me. Delle ragazze hanno aggredito la mia amica."

Lui sorride. Sorride?

Apre la portiera. Esce dall'auto. E fanno lo stesso gli altri tre: Mirko, Archi e Virgilio.

"Non mi chiamo Renato," dice il verme, accendendosi una sigaretta. "Mi chiamo David."

Oddio! Finalmente ho capito. Quelle stronze di Eli e Bea hanno teso un'imboscata a Giada. Con la complicità degli sfigati. Devo andarmene in fretta.

Ma Archi mi blocca, mi prende per un polso. Mi fa un male cane.

"Dove credi di andare? Ora sali in macchina con noi."

Cerco di scrollarmi quel mostro di dosso. Di liberarmi dalla sua presa. Non ci riesco. Mirko mi dà una sberla fortissima sulla nuca.

"Stai ferma, cretina."

"Stai zitta, soprattutto," interviene Renato. Mi punta la brace accesa della sigaretta sul viso. "Ora ti lascio un piccolo tatuaggio sulla fronte. O preferisci sulla pupilla? Hai dei begli occhi, Ste. Lo sai? Sarebbe un peccato che non potessero più vedere. Ma tu non hai visto niente, vero? Non sei mai stata al parco. Non hai visto nessuno aggredire nessuno, vero?"

Mi sento male.

"N-no," balbetto. "N-n-nessuno."

"Ecco, brava," dice Archi lasciandomi finalmente il polso. "Se dici una sola parola, ti veniamo a prendere a casa. Sappiamo dove abiti. Te lo ricordi?"

Faccio di sì con la testa. E mi allontano. Scappo. Corro verso casa. Disperata.

La porta è ancora socchiusa. Do un calcio al mio anfibio e me la chiudo alle spalle. Ci metto pure il catenaccio.

Sto morendo di paura.

E Giada? Mio Dio! Chissà come sta. Chissà se respira. Se è ancora viva.

Cosa faccio? Devo avvisare qualcuno. Ma che cosa racconto? Che ho visto tutto? Che so chi l'ha aggredita? E poi? Quelli mi ammazzano.

Mi viene da piangere. Tremo.

Cerco con gli occhi James. Ho bisogno di abbracciare il mio coniglio. Devo sentire tra le mani qualcosa di morbido.

"James! James!"

Quello non si fa vedere. Chissà dove si è rannicchiato.

"James!"

Niente.

Devo fare qualcosa. Ma cosa?

Giada! Prendo il cellulare. La chiamo. Suona a vuoto.

Quelle stronze le hanno fatto volare la borsa, e Giada magari non è in grado di alzarsi. Di rispondere.

Riprovo.

"Pronto, Ste?"

Questa non è la voce di Giada. È la voce di Bea.

"Che avete fatto a Giada?"

"Noi? Niente. Che ti viene in mente?"
"Vi ho viste."
"Cos'hai visto? Renato dice che non hai visto niente. Non eri neppure qui."
"Perché hai il cellulare di Giada?"
"Era dentro la mia borsa. Quella che ti avevo prestato. E che poi tu hai dato a lei. Non si regalano le cose degli altri. È disonesto. Comunque è un cellulare del cavolo. Ora lo butto in mezzo alla strada. Verrà travolto come il tuo."
Segue risata assatanata. Poi non sento più niente, solo dei rumori confusi.
Bea lo deve aver fatto davvero. Deve aver distrutto il cellulare di Giada.

Sento armeggiare alla porta d'ingresso. Tolgo il catenaccio. Entra mia madre. Con James in braccio.
E una faccia da temporale.
"Stefy, che ci faceva il coniglio sulle scale? Non dirmi che sei uscita! Devi essere uscita per forza, se no come faceva James a essere lì? Non raccontare bugie. Il tuo prezioso coniglio! A quest'ora poteva essere caduto di sotto. Essersi sfracellato nell'atrio. La tromba delle scale è un baratro profondo quattro piani. Te lo ricordi, o no? Dove sei andata?"
Per tutta risposta abbraccio mamma Dany, insieme a James, e scoppio in lacrime. Ho i singulti. Non riesco a parlare.
"Che ti è successo?"
Mamma è sconvolta quanto me. Mette a terra James. Butta la borsa sul pavimento. Mi prende il viso tra le mani.
"Stefy, dimmi tutto, piccola mia."

Un banco vuoto

Il banco di Giada è vuoto.

Sono passati quattro giorni dall'aggressione.

Giada è a casa. Al pronto soccorso l'hanno medicata. Aveva "ecchimosi diffuse" e non so cos'altro. I medici l'hanno tenuta una notte sotto osservazione. Poi l'hanno dimessa. Ma ha ancora un livido verde sullo zigomo destro, il labbro superiore gonfio, e le fa male una costola. A quanto pare è fratturata, ma i medici dicono che si aggiusterà da sola. Basta che non faccia sforzi.

Per il momento non può tornare a scuola. I prof hanno detto a sua mamma che faranno di tutto per promuoverla, o al limite per darle un "debito", anche se si assenterà fino a giugno. Mi pare il minimo.

Ha già subìto uno shock, la bocciatura le darebbe il colpo definitivo.

Bea e Eli mi osservano con la coda dei loro occhi da vampire.

Non hanno nessun problema, loro. E la colpa è anche mia.

Ho raccontato a mia madre dell'aggressione di Giada al parco, ma ho evitato di dire che avevo riconosciuto Eli e Bea.

Stavo per fare i loro nomi, quando ho risentito al polso il dolore atroce della stretta di Archi.

Ho detto che non avevo mai visto quelle ragazze. Che non avevo idea di chi fossero e del perché avessero preso a calci Giada. Le ho anche riferito i miei pensieri più intimi: la paura di intervenire, di essere presa a calci. Il mio tentennamento. Le ho detto di sentirmi in colpa. Per quello che non ero riuscita a fare.

Mamma ascoltava, senza dare giudizi. Le ho chiesto un favore.

"Non dire a Giada che ero lì. Che ho osservato la scena senza fare nulla. Non mi perdonerebbe. Dille solo che ho continuato a chiamarla al cellulare, senza successo."

"Non è che mi nascondi qualcosa? Non ci sono di mezzo ancora quelle arpie, vero?"

La verità! Mia madre voleva la verità, tutta la verità.

E io non riuscivo a essere sincera. Me la stavo facendo sotto. Se avessi raccontato quello che avevo visto davvero, che cosa sarebbe successo? Le stronze sarebbero state denunciate, ma erano minorenni e quindi al massimo sarebbero intervenuti i servizi sociali. Quanto ai mostri... a parte il fatto che non conoscevo i loro cognomi, se anche li avessi denunciati se la sarebbero cavata con una lavata di testa al commissariato.

Non erano stati loro ad aggredire fisicamente Giada. Quanto alle minacce che mi avevano fatto, era la mia parola contro la loro. Li avrebbero lasciati andare. E io non sarei più stata libera di uscire senza guardarmi le spalle.

Spetta a Giada denunciare Eli e Bea.

Ma Giada non parla più. Nemmeno con me.

Ha deciso di stare chiusa nella sua camera. Fisicamente si è ripresa. Il medico dice che non ha lacerazioni interne. Che ha ormai superato tutto. Ma Giada preferisce stare a letto. Si muove solo per andare in bagno. A vomitare la minestrina in brodo che le prepara sua mamma.

Io sono andata a trovare Giada ogni giorno, ma non sapevo che dirle. Come consolarla. E lei, comunque, non riusciva ad aprirsi. Mi guardava. Mi prendeva la mano. Come per dirmi: Tranquilla, Ste. Tu non c'entri.

Mi sentivo di merda di fronte a quel gesto affettuoso. Se Giada sapesse che ho visto tutto!

Dopo aver parlato con mamma Dany, quel maledetto pomeriggio, sono salita con lei in auto. Lei ha sgommato verso il parco. Senza nemmeno mettere la cintura di sicurezza. Ha lasciato la macchina aperta e siamo corse alla panchina.

Giada era ancora lì. Sdraiata. La faccia tumefatta, sporca di terra.

Mia mamma ha chiamato il 113, poi la mamma di Giada.

Il sole nel frattempo era tramontato e nel parco si allungavano le ombre scure della sera, dell'incertezza.

Mamma Dany ha accarezzato il viso di Giada, cercando di pulirlo alla meglio.

"Stai tranquilla, Giada," l'ha rassicurata. "È tutto finito. Ora sarai curata. Sta per arrivare anche tua mamma."

"No!" aveva sussurrato Giada. "Non voglio che mi veda così. Starà troppo male."

Che tesoro era. Così malconcia, pensava a non voler ferire sua madre. Si preoccupava per lei.

"Non potevo non avvertirla, non me l'avrebbe perdonato. Hai preso delle brutte botte, Giada. Ma mi pare non ci sia niente di rotto. Ora devi solo dimenticare."

Io ascoltavo. Dimenticare? Giada dovrebbe parlare, dicevo a me stessa. Denunciare le colpevoli. Mandarle al riformatorio. Ma non era quello il momento per la vendetta. Anzi: per la giustizia. Giada aveva bisogno di amore. Soprattutto di amore.

Non era solo stata picchiata, era anche stata presa in giro.

David non era mai esistito. Il suo sogno si era spezzato. Con violenza.

In classe c'è un'atmosfera irreale. Io non parlo. Non rido. Mi siedo e rifiuto di leggere D'Annunzio. La prof Bellotti chiude un occhio. Ma apre la bocca.

"Stefania, capisco che sei sconvolta per quanto è accaduto a Giada. Ma devi reagire. È necessario. Devi tornare a essere quella di sempre. Non puoi trincerarti dietro un assurdo mutismo.

"L'omertà," aggiunge sibillina, "non ha mai aiutato nessuno. Anzi: ha fatto solo danni. Storicamente."

Vuoi vedere che la prof Bellotti la sa più lunga di quanto dia a intendere?

Perché ha parlato di omertà? Sa che so? E il resto dei compagni, che mi guardano di sottecchi? Anche loro subodorano qualcosa? Anche Ale? Perché insiste a chiedermi di Giada, a informarsi dei dettagli della sua aggressione? Intuisce che sono a conoscenza di qualcosa o tira a indovinare?

So tutto

30 giugno. Ore 10. I tabelloni con gli esiti degli scrutini sono appena stati affissi nella bacheca della scuola.

Avrei potuto guardarli online. Ho preferito venire a vederli qui.

Anche perché avevo un mezzo appuntamento con Ale.

Promossa.

Mi viene da piangere. Nelle ultime settimane non ho fatto praticamente nulla. Non ho ripassato. Con l'aiuto di mamma Dany ho studiato di malavoglia le Guerre puniche. Mi interessavano meno di niente. Le battaglie di duemila anni fa che suono avevano in confronto al clamore che facevano le mie battaglie interiori?

Mi rendevo conto che la mia prima, seconda, terza vita (che in qualche modo si erano unificate) erano una lotta costante. Intestina. Ero in torto. La mia omertà mi aveva messo dalla parte dei carnefici. Tacendo avevo ferito Giada.

Promosso anche Ale. Con voti così alti da guidare la top ten dei secchioni.

Promossi Federico, William, Davide, Mari, Giulia e Giuditta.

Sospensione di giudizio per Eli e Bea: ciascuna ha tre materie col quattro: italiano, storia, matematica. Tre debiti difficili da recuperare. Eppure c'è la possibilità che riescano a cavarsela a settembre.

Ci aspettavamo tutti che fossero segate, invece è stata loro concessa una possibilità di risurrezione/promozione. E potrebbero venire in seconda!

Non l'ho riferito a nessuno (nemmeno ai miei), ma un giorno, transitando fuori dall'aula insegnanti con la scusa di fare delle fotocopie, ho sentito la prof Bellotti sfogarsi col prof di religione.

"Non è giusto," diceva. "Io voterò contro. Solo perché i genitori hanno minacciato di rivolgersi al Tar, io dovrei promuoverle? Non sono mai andate oltre il quattro regalato in italiano. La storia non sanno dove stia di casa. Se hanno aperto un libro, nel corso dell'anno, era di sicuro il manuale per il funzionamento del phon. Quelle due ragazzine sono semianalfabete e non hanno nessuna morale."

"Il fatto è," ribatteva il prof di religione, "che nemmeno i loro genitori ce l'hanno. Il guaio è che rischiamo di perdere il ricorso. Ma lo sai che sono andati a parlare con la preside accompagnati da un avvocato?"

"E allora? Poteva essere pure il presidente del Consiglio. Io non abdico ai miei valori. Alla mia professionalità."

"Tu sei sicura di aver sempre prodotto i criteri valutativi ogni volta che facevi una verifica? Sei sicura di aver programmato i compiti scritti senza farli coincidere con altre verifiche? Sei sicura di aver svolto attività di recupero e consolidamento negli intervalli previsti? Di aver compilato ogni riga e ogni colonna del piano di lavoro preventivo e di averlo inserito a tempo debito nel registro elettronico perché fosse visibile alle famiglie?"

"Oh, mamma! Credo di sì. Ma potrei aver sbagliato qualcosa."

"Ecco. Quel qualcosa potrebbe metterci tutti nei guai. Potremmo, come consiglio di classe, essere oggetto di un'accurata indagine."

La prof Bellotti deve aver risposto in qualche modo. Ma io sono stata sgamata a origliare dalla bidella Beppa.

"Che fai? Perché non sei in classe?"

"Devo fare delle fotocopie."

"La sala stampa è da quella parte. Questa è l'aula docenti."

Giada è stata promossa con la sufficienza quasi in ogni materia.

Meritava di più. Eppure fino all'ultimo ho temuto che si beccasse un debito, che le avrebbe rovinato l'estate.

Non aveva fatto le ultime verifiche in classe. E qualche docente si era opposto alla promozione. Ma la Bellotti si era incaponita. Aveva detto ai colleghi che sarebbe andata dal provveditore, che di fronte a casi di estrema gravità come quello di Giada doveva esserci qualche soluzione alternativa. "Ha mosso mari e monti," ha raccontato a cena mia madre, che di solito odia le metafore paesaggistiche.

Alla fine a Giada è stato permesso di svolgere le prove scritte a casa, sotto il controllo di due insegnanti. E di sostenere le ultime interrogazioni via Skype.

"Ora che tutto è finito, dovresti parlare," mi dice Ale.

"Di cosa?"

"Lo sai."

"Che cosa?"

"Tu c'eri."

"Dove?"

"Lo sai."

Tergiverso. Tradotto: sto per perdere l'autocontrollo.

"A che cosa ti riferisci, Ale?"

"All'aggressione di Giada."

"Vuoi insinuare che c'entro anch'io?"

"No. Ma hai visto tutto."

"Come fai a dirlo?"

"Bea ed Eli hanno aggredito Giada. Eli l'ha presa a calci e pugni. Bea ha ripreso tutto. Ha diffuso il video su Snapchat. Io l'ho visto e l'ho salvato. L'ho guardato non so quante volte. E mi sono accorto che c'eri anche tu. Eri seminascosta. Osservavi la scena da dietro il tronco di un cedro. Senza fare niente."

Sono senza parole. O quasi.

Tento di giustificarmi.

"Non sapevo che fare, Ale. Ero terrorizzata. Se mi fossi messa in mezzo avrebbero preso a calci anche me."

"Ma non le hai denunciate."

"Avevo paura. I loro amici mi hanno minacciato..."

"Giada non è più uscita di casa da allora. Mentre Eli e Bea... lo vedi anche tu... potranno arrivare in seconda."

"Che dovevo fare, Ale?"

"Io so quello che farò adesso."

"?"

"Pubblico su Facebook il video dell'aggressione. Taggo Eli e Bea, Giada. E te."

"Non farlo! Ma ti rendi conto? Riapriresti una ferita. Giada rivivrebbe quell'incubo. E poi... lei non sa che io so."

"Ricordi cos'ha detto la Bellotti? Che bisogna combattere l'omertà."

"Dovresti portare il video ai carabinieri. Dovrebbero occuparsi loro del caso. Diffonderlo su Facebook può essere controproducente..."

"Stai pensando solo a te stessa, Ste."

"No, sto pensando alla cosa giusta da fare. Sono disposta a testimoniare, ma che c'entra Facebook?"

"Quelle due devono essere sputtanate a vita. Le vedi? Soddisfatte. In odore di promozione."

Eli e Bea, davanti al tabellone dei voti, stanno sfoderando un sorriso compiaciuto. Truccate alla perfezione, con delle magliette e degli short inediti, svettano sopra le teste dei compagni. Bea si appoggia con un gomito sulla testa bionda di Federico tantoperbenino, che è mezzo metro più basso di lei. E quel pollo non si schioda.

Le cose precipitano

Mamma Dany e papà mi hanno preparato un menù-da-promozione contrario a ogni programma-base di corretta alimentazione: cosce di pollo piccanti, patate fritte con ketchup e maionese, panini dolci al sesamo farciti con mortadella e insalata capricciosa, cocacola, soft ice ai frutti di bosco e panna pronta a esplodere da una bomboletta spray.

Il tutto è stato apparecchiato sul tavolino basso del salotto, di fronte alla tivù accesa e sintonizzata sui *Simpson*.

Dovrebbe essere il massimo del festeggiamento. Umby, per l'occasione, indossa il costume di Carnevale da pirata.

"Sono Gionni Deppe," urla aprendomi la porta.

Per mio fratello, Johnny Depp non è un attore, ma un eroe letterario. Forse un lontano parente di D'Artagnan.

Mi sento coccolata, amata, circonfusa da un profumo d'affetto che supera per intensità qualunque fragranza di Sephora.

"Mi tolgo le scarpe e arrivo," dico alla platea familiare.

In camera accendo il computer. Visiono la mia pagina Facebook.

Ale l'ha fatto. Ha postato il video shock con l'aggressione di Giada.

Ha già avuto ottanta condivisioni. E commenti da follia disorganizzata.

"Che figura di merda!" ha commentato Gampy.

"Quella è proprio stronza," ha scritto Fede56.

Ovviamente si riferisce a Eli che prende a calci Giada, penso. Ma poi continuo a leggere.

Non è possibile: stanno dando della stronza a Giada! C'è chi scrive che è "assurda", che "non è capace di difendersi", che "se lo merita".

Oddio! Se la prendono con la vittima. È Giada che esce perdente da questo video terrificante.

La maggior parte dei commenti è a suo sfavore.

E qualcuno accenna a me.

"Avete visto la sua migliore amica che spia?" scrive Hellman (chi è Hellman?).

Mi sento male. Altro che patate col ketchup. La bocca del mio stomaco è sigillata.

Vado nel profilo Facebook di Giada. Anche sulla sua pagina appare lo stesso video. Ma l'ultimo post è diverso.

L'ultimo post è di Giada.

"Visto che mi volete morta, vi accontento."

Leggo.

Rileggo.

Rileggo.

Sono sette parole.

Sono un annuncio.

Di suicidio.

Le invio un messaggio su Facebook.

"Giada, chiamami subito. Sono a casa. Ti spiego tutto."

Aspetto.

Aspetto.

Aspetto.

Aspetto.

Non mi arriva nessuna risposta.

"Stefy! Vieni a pranzo o no?" mi chiama mia madre.
Aspetto.
Gli occhi fissi su Facebook.
Sul profilo di Giada.
Le invio un altro messaggio.
"Giada chiamami a casa. Per favore. Subito."

Il dramma

2 luglio. Tempo instabile sulle Dolomiti friulane, sul versante adriatico, e parzialmente su quello jonico. Vento forte e mare da mosso a molto mosso nelle isole maggiori. Altrove sereno.

Io e i miei siamo seduti sul divano. Da due giorni siamo sintonizzati ventiquattr'ore su ventiquattro su Sky News. Mio padre col suo tablet, mia madre col suo, io con il mio computer seguiamo ogni notiziario. Soprattutto locale.

"Si intensificano le ricerche di Giada Surace, la quattordicenne scomparsa da tre giorni. Sembra che la ragazza avesse postato su Facebook l'intenzione di suicidarsi. Gli inquirenti stanno vagliando ogni ipotesi."

Sono fisicamente seduta sul divano, ma con la mente sono altrove. In una marea di posti. Ho cercato Giada ovunque. In tutti i luoghi che frequentavamo da bambine, tipo la discarica delle biciclette Graziella arrugginite.

Giada non si trova.

Da quando ha postato su Facebook il suo addio, è sparita. La cerca la polizia, la cercano i carabinieri. La cercano soprattutto i suoi. E io.

Notizia dell'ultima ora!

"Tragica fine di una quattordicenne. Precipita dal quarto piano di un palazzo in costruzione in zona Prati. Sembra che si tratti di suicidio. Prima di compiere il gesto disperato, pare che la ragazza abbia postato su Facebook un messaggio in cui annunciava l'intenzione di uccidersi. Nelle settimane precedenti, era stata vittima di atti di bullismo da parte di un gruppo di coetanei. La dinamica del tragico evento è al vaglio degli investigatori."

Io e i miei ci guardiamo stralunati.

"Non è possibile che sia Giada," commenta con una voce flebile mia madre, dando eco al pensiero che ha attraversato la nostra mente. "Conosciamo Giada. Non farebbe mai una cosa simile."

Mi metto a singhiozzare.

"Come fai a dirlo?"

"Giada non darebbe un dolore così grande alla sua famiglia. Ai suoi amici."

"Giada non ha amici."

"E tu? Non sei un'amica, tu?"

"Io l'ho tradita. Come tutti."

"Non è vero. Tu non sei responsabile."

"Responsabile di cosa? Della sua morte? Allora pensi anche tu che si sia uccisa?"

"Dicevo che non sei responsabile di quanto le è successo. Comunque ora chiamo i carabinieri e cerco di sapere il nome della ragazzina. Ma non è Giada. No."

Qui e ora

È il 4 luglio.

Sono nella stalla del nonno di Giada. Non ce la facevo più a rimanere a casa. Con i miei, con quegli aggiornamenti su una verità che manteneva i contorni fumosi dell'incertezza. E che non volevo acquistasse forma compiuta.

Ho ripensato a quello che è accaduto in questi mesi. A quello che ho fatto, non fatto, che avrei potuto fare. Mesi, settimane, giorni mi si sono ripresentati davanti vivi di suoni, parole, silenzi mai ascoltati davvero. Ho sentito l'eco di un dolore trattenuto a stento. E vi ho riconosciuto la voce di Giada.

Ho la media del sette a scuola, ma il giudizio che mi darei come persona, come amica, è gravemente insufficiente.

Ho delle colpe. Ho le mie responsabilità. E mamma Dany non può negarlo. Non so perché sono qui. Ora.

Ho seguito un impulso. Sono venuta dove mi portava un battito, che non era mio. In campagna. Nella stalla del nonno di Giada.

Il portone si schiude. Poco alla volta. Io sono rannicchiata in un angolo. Tra balle di fieno e ricami di ragnatele. Nel cono di luce che si forma in fondo alla stalla si delinea una figura.

Giada?

L'ombra si avvicina. Ritagliata nella luce proiettata dall'esterno.

"Giada?"

"Chi è?"

"Sono Stefania."

"Che fai qui?"

"Cercavo te. Ero così impaurita! Pensavo fossi..."

"Morta?"

"No. Non questo."

"Vorrei esserlo. Ma non ho abbastanza coraggio."

"Tu hai più coraggio di chiunque altro. Sei la migliore di tutti."

"Sono un nulla. Tu sei contenta ora?"

"Giada, mi sento malissimo. Pensavo che..."

"Che non mi avresti più avuto tra i piedi."

"Ti devo spiegare come sono andate le cose."

"Non c'è niente da spiegare, Stefy. Vorrei che mi lasciassi sola. Con i miei animali. Tanto so che non ti sono mai piaciuti. Che quando venivi in questa stalla ti tappavi il naso."

"Ti devo spiegare..."

"Stefy, lascia perdere. È tutto finito. L'anno scolastico, la mia disavventura. E la nostra amicizia. Non ti voglio più vedere. Non voglio rivedere nessuno dei miei compagni."

"Giada, io ti voglio bene."

"Hai uno strano modo di dimostrarlo."

"Ma sono qui per te!"

"Io sono qui perché amo questo posto. Perché la campagna è l'unico luogo al mondo che mi faccia stare a mio agio. Perché qui mi sento protetta. Perché qui sono come sono. E non come vorrebbero gli altri."

"Io ti voglio come sei."

"È tardi..."

"Mi perdonerai?"

Giada accarezza il muso di un vitellino. Lui sembra sorriderle. Sembra capire quello che a me sfugge ancora. Come potrei tradurre in parole quello che sento? Ho pensato e ripensato alle cose giuste da dire a Giada. Ma i pensieri ora non trovano forma. Le parole sono scivolate via.

"Mi perdonerai?"

Il sole sta scomparendo. Non dura che frazioni infinitesimali di tempo l'attimo della giornata in cui la luce, prima di cedere alla sera, si accende di un colore rossastro. Un colore-calore che è una promessa. O un addio. Mi allontano. So di lasciare alle mie spalle una parte di me. La parte più vera. Quella che non conosce una prima, una seconda, una terza vita, ma che è trasversale ai miei diecimila modi di essere. Diversi ogni istante, ogni ora, ogni stagione.

Oltre la collina il cielo ha il vuoto sordo dell'ignoto. Non mi sono mai sentita così ferita e disorientata. L'immobilità che mi circonda è una vertigine.

"Stefy!"

Il mio nome ha il timbro di una voce familiare.

"Stefy!"

Mi volto. Giada è nel riquadro della porta della stalla. È lontana. Io ho gli occhi velati di malinconia e magari mi sbaglio. Ma la vedo sorridere.

Indice

Feltrinelli UP

romanzi per lettori non più bambini

IL CORAGGIO DI ESSERE UNICI

Sarah Crossan, *Apple e Rain*
Sarah Crossan, *One*
Sharon Draper, *Melody*
Marko Leino, *Miracolo in una notte d'inverno*
Marcel A. Marcel, *Oro*

FACCIA A FACCIA CON LA STORIA

Gabriele Clima, *Continua a camminare*
Paul Dowswell, *Ausländer - Straniero*
Paul Dowswell, *L'ultima alba di guerra*
Antonio Ferrara, *Con una rosa in mano*
Carlo Greppi, *Non restare indietro*
Lucia Tilde Ingrosso, *Il sogno di Anna*

SULLA PELLE, DENTRO IL CUORE

Stefania Bertola, *Solo Flora*
Olivia Crosio, *Un amore incosciente*
Alessandra Montrucchio, *Forever Young*
Non Pratt, *Remix*
Javier Ruescas, *Tutti i colori di te*
Kelly Moore, Larkin Reed, Tucker Reed, *I segreti di Amber House*
Jessica Schiefauer, *Girls*